修羅ノ国

北九州[illegible]

菱井十拳 著

竹書房文庫

はじめに

前作「怨霊黙示録　九州一の怪談」については、各所より様々な御意見を頂いた。

最も多かったのが、現在の菊姫達の祟りはどうなっているのかとか、実際祟られているような人物はいるのかといったリアルな部分であるが、これは書いてしまうと大凡《おおよそ》どこの家なのかと言ったことが分かってしまうので、作中でお断りしたように全て割愛をした。

そもそも、身の毛のよだつような悲惨な事件というレベルのものまでは最近では発生していないので、書きようもないのであるが。

そこまでいかないような所謂《いわゆる》「怪談」の範疇の事例はあるが、やはり悲惨な歴史の上に好むと好まざるとに拘わらず存在している現在の家庭を過去に結び付けるのは、どう考えても禁忌であろう。


元々「怨霊黙示録」については、歴史読み物を想定して書いていたものだが、死蔵状態にあったそれを、ある方の紹介で思いがけず出版して頂ける運びとなった。

ただ、条件として、「怪談」のカテゴリーに入れられるようにすること、というのがあり、

「まあ、勿論怪談だ。大怨霊譚だ」と自信を持って返事をしたのだが、私は最近の実話怪談という読み物形式（作法？）に疎《うと》かったので、今事情が分かってみると、あれこれ構成などを直したほうがよかったのかなと思える。

というわけで、今回は実話怪談の作法に則《のっと》って、最初から怪談本を書いてみることにする。

今回の条件というのが「御当地怪談」ということになっている。

この本では、北九州地方が主となるが、他にもあまり知られていない福岡県の伝説や怪奇譚の紹介と、私自身が見聞きした現代怪談を綴っていくことにしたい。

お楽しみ頂けたら非常の喜びである。

目次

怨霊の残り香

……とはいえ、まずは「怨霊黙示録 九州一の怪談」関連の話を幾つか御紹介したい。

「怨霊黙示録」の下書き原稿がとうに完成して提出済みだった二〇一七年の十二月七日に、東京都江東区の富岡八幡宮敷地内、あるいはその近くで、二十一代現宮司がその実弟である元宮司に日本刀で斬りつけられ、殺害されるという事件が起こった。

この実弟の妻も事件に関わり、現宮司の運転手を襲って腕に重傷の刀傷を負わせている。この後、元宮司は妻の胸と腹を刺し殺害。自身も日本刀で胸を刺して自害して果てている。

かなり世間を騒がした凄絶な事件なので、憶えている方も多いだろう。事ここに至った経緯などは宮司一族内の長年に亘る確執だったようなので、ここで取り上げるのは不可解の感を抱かれるだろうが、この元宮司夫婦、事件の数カ月以前、七月頃までは宗像《むなかた》に住んでいたのである。

資産は数億円を保持し、釣り三昧で遊び暮らしていたようであるが、数年前に何故この地に移り住んでいたのかという事情は全くの謎であった。

そして、明らかにこの地で襲撃を決心し、富岡八幡宮内への出入りを監視するのに適した、現地のあるマンションへと引っ越している。

私が引っ掛かるのは、彼らが事件直前に全国の神社関係者に送った約二千八百通にも及ぶ手紙の中の最後の文言である。

手紙は延々八枚に亘る。自身の息子を富岡八幡宮の宮司にすること等を強く要求し、

★もし、私の要求が実行されなかったときは、私は死後に於《お》いてもこの世（富岡八幡宮）に残り、怨霊となり、私の要求に異議を唱えた責任役員とその子孫を永遠に祟り続けます。
★万一、〈息子の名〉が宮司になれなかった場合は、私が作らせた一の宮と二の宮神輿を出す事を今後一切禁止します。もし私の禁に背いて、〈息子の名〉以外の宮司のもとで、宮神輿を出した場合、私は死後に於いてもこの世（富岡八幡宮）に残り、怨霊となり、神輿総代会の幹事総代とその子孫達を永遠に祟り続けます。

と、驚いたことに、今時怨霊になることを宣言して脅迫している。

日本人の感性として、こんな我が儘《まま》が通用するわけがないというのは、すぐに分かるし、そもそも怨霊というものを大誤解しているとしか言いようがないのであるが、この文言を最後に持ってきた自信というのは一体何なのであろうか。

怨霊信仰そのものを勘違いし、宗像の大怨霊の元へその力に縋《すが》りに来たのであろうか。

そう考えると、数年以前の宗像への移住すら、襲撃自害計画の範疇であったと言うことになり、この人物の心の闇に心胆凍り付くのである。

山伏塚

「山伏塚」というと心霊スポットに詳しいマニアの方は、「ああ、九州なら熊本市の『山伏塚《やんぼしづか》』か」と思われるかもしれない。

熊本城の築城の際に山伏を招き地鎮祈祷を行ったが、彼らは城の最心臓部に招かれていたため、実に理不尽な話だが、防御構造などの機密保持のために藩士が帰途を襲撃してこれを殺害した。その墓所だと伝わる霊地である。

江戸時代には処刑場にもなったらしく、そのため延々と溜まっていった陰の気のこごまったような感じで、街中に小高くぽつんとそこだけ樹木が生い茂った場所になっている。

これはこれで紹介するに足るような場所ではあるのだが、生憎《あいにく》こちらについては特に記述するようなエピソードというのはない。

これから御紹介するのは、福岡県宮若市の大谷神社境内にある「山伏塚《やまぶしづか》」である。地元では「やんぶしさま」とも呼ばれている。

大谷神社はひっそりとした小神社である。

道路に面して鳥居、灯籠があるが、参道である折れ曲がった坂道を登った先には、山伏堂と四基の祠《ほこら》があるのみである。

祠のうち三基は大型の立派なものであるが、実際に行かれてみるとどうも慣れ親しんだ「神社」の雰囲気とは、少し違うものを感ぜられることだろう。神社となったのは明治五年頃のことで、実はここは、宗像の怨霊伝説と関わりのある古址なのである。

鳥居の脇に「山伏塚由来之碑」があり、それにはこのようなことが刻まれている。


「人皇五十九代宇多天皇の御子清氏に、宗像の姓を賜り宗像大宮司に任ぜられ、其子孫は永くその職を世襲した。宗像家に弘治元年頃、相続のことについて家中争いが絶えず、ために無惨なる殺生を相続き、其怨霊の祟りにてか氏貞の妹は妙齢にて発狂した。そこで其の当時天下に聞へた豊前国英彦山の山伏三十余人を宗像郷に招き、三七日の祈祷をさせたので怨霊も退散し発狂も快癒した。山伏等は修法供養を終り供物を携へ英彦山に帰る途中、此の塚の裏谷俗称剥谷に於いて山賊に襲われ、三十余人殆ど惨殺された。其遺体を里人此の山上に埋葬して山伏塚と称し、今に至る迄尊崇せられている」

概ね「筑前国続風土記」の記述から引用されたものと思われるが、これが「嘉穂郡誌」の記述によるとかなり様相が違ってくる。

――宗像氏貞の娘に発狂せる者があり、怨霊の祟りとて三十七日の祈祷をなす。そのとき、宗像家の宝刀及び古鏡、古能面、金銀の宝器を祭壇に飾り、善美を尽くして祈り、姫の病気は平癒した。

ところが山伏達は祭壇にあった宝物一切を神前に供えたものであるとして、これを持ち帰ろうとした。

宗像家は別に謝礼は払っているので、異議を唱えたが山伏達は承知せず、強いてこれを奪い去った。

宗像家は出城であった笠木城へ一報し、そこは宗像家所縁《ゆかり》の者が多かったために怒りに沸いた。

彼らは笠木城下三ノ谷というところで待ち受け、帰路を急ぐ山伏達を捕捉してこれに談判した。

しかし、それでもこれを受け入れなかったので、遂に武力に訴えて山伏達三十人余りを殺害し、宝物を取り返した。

山伏塚は、その死体を集め葬った場所である。

……と、こういうことになっている。「由来之碑」のほうは、どうも何かを糊塗する感じがあるので、恐らくは、こちらのほうが事実に近いのではないだろうか。

ここでは「宗像氏貞の娘に発狂せる者があり」という記述になっているが、無論氏貞の妹の色姫のことであろう。

宗教者であるのに、無理筋の欲をかいてしまった山伏の行動には首を傾げざるを得ないのだが、やはり色姫の呪縛を解いてしまったがための、怨霊の祟りなのかもしれない。

ここを最初に訪れたのは今から三十年近くも前なのだが、祠の並んでいるところへ行くと、まだ真新しかった山伏堂の軒下に男性の人影があって、錆びたパイプ椅子に座ってぼんやりと煙草を吸っている風であった。

やがて、私が辺りをうろつき回り、写真を何枚も撮っているのに興味を持ったのか、その同年代と思しき人物が話しかけてきた。

「何かの調査ですか?」

「いや、趣味でいろいろ古址を回っているので……」

「へえ。……あの、ここって宗像氏と所縁があるのは御存じで……？」

「下の『由来之碑』にありますよね」

宗像氏を持ち出してきた時点で、地方史にそれなりに詳しい人物ではないかと思ったが、

「面白いことがあってですね」

「面白いこと？」

「宗像大社の沖津島社殿、中津宮社殿、辺津宮社殿が一直線に並んでいるのは御存じですよね？」

「……ええ、知っていますが？」

「ここって、その延長線上にあるんですよ、多分ですが」

「……ええっ？」

そんなことは聞いたことがなかったので、半信半疑だったが後日地図上で確かめてみると、ほぼその指摘は当たっているものと思われた。

「山伏……英彦山《ひこさん》側の何かの嫌がらせですかねえ」

にやりと笑ったその表情が薄気味悪かったが、これが二つ年下のK君との出会いで、この後いろいろと一緒に旅行をしたり、凸凹道中をするようなことになるとは全く露ほども思わなかった。

K君……雨宮淳司というペンネームで、いつの間にか何冊も怪談本を出していたようで、この後はそちらの名前を使わせて頂こうと思う。

天狗倒し

その雨宮君は、精神病院で看護士をしているということだった。何でも、患者さんの家族から、この山伏塚を参拝したいのだが場所が分からないと相談があり、自身も興味があったので下見に来たのだという。

「……脳病に霊験があるんだそうで……親心ですよね」

色姫の精神を治したという伝承から、そういうことになっているらしい。

雨宮君は、当時まだ図書館で借りることのできた、竹林庵主人の「九州一の怪談」も読んでいたらしく、いろいろと話が合った。

ただ、動機としては単純に「怪談」とタイトルにあったから借りたのだと言い、どうも心霊指向というのか、私のような地方史マニアというわけではなさそうだった。

一度どこかで、飲みながらでもゆっくり話そうと言うことになり、連絡先の交換を行って、その日はそれぞれの帰途に就いた。

山伏が出てきたので、その根拠地、福岡県田川郡添田町から大分県中津市山国町にまたがる「英彦山」についても一つ触れておきたい。

英彦山が修験道の霊山として、かつて権勢を誇ったことは「怨霊黙示録」の中で詳述したので繰り返さないが、それへの畏怖の念からかこの地には様々な天狗伝説がある。

日本八大天狗の一人、豊前坊が英彦山の高住神社の祭神であることは有名だが、実は神社になったのは江戸時代のことという。元々は豊前窟と言って、修験者が集った自然の岩窟であった。

英彦山四十九窟と言って、同じような場所や洞窟がその数だけあり、それぞれが修験者の守護神が宿る聖地となり、幾つかが発達して建物等が大きくなっていったわけである。

信仰が広がるにつれ山は神格化され、外部の人間からは修験者は超常の力を持った、謂わば「超人」に見えたことだろう。

一般的な天狗のイメージというのは、正にそれではないだろうか。

その天狗伝説の言い伝えの中に「天狗倒し」というのがある。これは、山にいるときに突然上空から大勢のざわめきや笑い声が聞こえ、風の塊が地面に叩きつけられるような圧力や振動を感じる現象なのだそうだ。

しかし、後者は強風が吹けば山では自然にあり得そうなので、問題は前段の笑い声などの怪奇現象だろう。

この英彦山の「天狗倒し」については、面白い話がある。怪異発生の日時が分かることも珍しいので覚え書きをしておいた。

英彦山で山仕事をしていたことがあるという老人から、直接聞いたことである。

まだ一般用の登山道が十分整備されていなかった、昭和三十三年のこと。老人……当時は青年だったわけだが、彼は山を巡ってその険しい、しかも荒れた山道の補修箇所等をチェックしていた。

岩場で崩落箇所を見つけたりして迂回も多く、朝早くに登山を開始をしたのだが随分手間取り、休憩場所に決めておいた崖の上の岩棚に着いたときには、予定時間を随分過ぎていたのだという。

リュックからアルミの弁当箱を取り出して、おかずと銀シャリを掻き込み、水筒のお茶で喉を潤す。晴れ渡った風景を眺めて一息つくと、その日は数日前に買ったばかりの、トランジスタラジオを持って来ていたことを思い出した。

勿論、天気予報を聞くのが最大の目的だった。ポケットサイズの、六石トランジスタラジオではほぼ最新型なのだが、当時のものであるからやはり性能は推して知るべしである。

山奥なので、あまり期待もせずに抓《つま》みを回していると、思いもかけず野球中継が聞こえだした。

耳を澄ましていると、どうやら先日こけら落としをしたばかりの、小倉球場（小倉市営野球場・現在の北九州市民球場）での試合のようだ。

確か今日（四月九日）の対戦は、西鉄ライオンズと近鉄パールスのはずだが……と、思っていると、どうやら試合は始まったばかりで、パールス先発の大津守が、ライオンズの玉造を三球で切って落としたところらしい。

「大津か……これは面白いぞ」と、思った。

大津守は元々ライオンズの要《かなめ》の投手で、昭和三十年には対近鉄戦でノーヒットノーランを達成していた。

それが、今年その近鉄に移籍したばかりで、しかも手の内を知り尽くした古巣の連中と、今正にやりあっているのである。

大津は、しかし前々年辺りから極度のスランプに陥っていた。それが移籍の原因なのだが、そんな彼がどうやって日本一の打線を相手に勝負を作っていくのかが、この対戦のなかなか興味深いところなのだった。

次のバッターは、強打者の豊田泰光。とにかく死角のない選手だった。

一球目……。臭いところを突くはずだ。

「得意のスライダーか？」

思わず声に出してそう言うと、

「……まっすぐだ」と、どこかで低音の声がした。

「……えっ？」

誰も周囲にいないので、ラジオの混信かと首を傾げていると、どうやら大津は緩いストレートを放ったらしい。

ストライクのコールがあり、間も空けず続いての二球目。

今度こそ、変化球で一回外すだろうと思っていると、

「……まっすぐだ」と、また同じ声。

中継の会話では、またもやストレートで真ん中に放ったらしい。

それも見送りのストライクだった、
段々気味が悪くなって、浮き足だってきたが、ラジオでは三球目が投げられ、

「……まっすぐだ」と、やはりまた出所不明な声がした。

血眼になって声の主を探すが、岩場や灌木《かんぼく》の影などにもいそうにない。

そしてラジオの、「大津守がまたもや三球で切って取った」という音声に被って、上方から物凄く大勢のゲラゲラ笑いが『降って』きて、崖と反対側の岩場に身体が吹っ飛んだ。

「痛たたたた！」

頬を下にして、頭と全身を押さえつけられるような感覚を覚えてもがき苦しんだが、それはすぐに止んでしまった。

「て、天狗倒し！」

彼はそう察すると荷物をかき集めて、一目散に山を下りたのだそうだ。

実はこの話を聞いたときに、そのトランジスタラジオの現物を頂いたのだが、失礼な話になるが、それは長い間ほったらかしになっていた。

やがて、我が家の物置のガラクタの入った段ボール箱に一緒くたになっていたが、小学生だった私の甥が発掘したらしく、いつの間にか自分の家へと持って帰ってしまっていた。

ＮＥＣのロゴが付いていたが値打ちは付きそうにないシロモノだったので、子供のオモチャには丁度良かったのかもしれない。

だが、その甥が後日、確か中学一年になった頃こんなことを言っていた。

「あのラジオ、何かおかしいんじゃない？　深夜放送が聴けないし」

「壊れているんだろう。だって、何十年も前の……」

「でもさあ」

そのときの事情を深く勘付いたような、大人びた顔つきが忘れられない。

「あれ、野球中継だけ入るんだよね……」

小倉の酒場と美空ひばり

小倉球場が出てきた流れで、次はいささか時系列がおかしくなるが、北九州市小倉北区辺りの出来事を御紹介したい。

ちなみに、ラジオ中継されていた西鉄ライオンズと近鉄パールスの対戦は、ライオンズの完封負けであった。

完全に大津守の術中に嵌《は》まった珍しい試合だったわけだが、どうしたわけか近鉄はこの後猛烈に負け続け、ペナントレース首位のライオンズに三勝二十二敗一分、二位南海に四勝二十二敗一分という惨憺たる有様となる。

翌年、監督に元読売ジャイアンツの千葉茂を招聘し、心機一転「近鉄バファロー」が誕生するのだった。（後に『近鉄バファローズ』に改名）

完全な余談であるが、この千葉茂監督だが、食レポの世界では「カツカレー発案の始祖」として知られている。

この人が、昭和二十三年頃にカツレツをカレーに乗せて食べなかったら、随分と日本の洋食文化は変わっていたのかもしれない。

さて、私が小倉の傍で暮らしていたのは、所謂ゼロ年代の頃で、丁度その時分に例の雨宮君が小倉の北区へと引っ越してきた。

飲み助二人が揃った上に、私は居酒屋を主に訪ね歩いてデータ化するような仕事をやっていたため、もはや必然としてやたらと夜の街を連れ立って歩いていたわけだ。

その日は急用が入って、約束の時間に随分と遅れて待ち合わせ場所へと赴いたのだが、まだ店に辿り着く遙か手前の寂れた通りを、向こうから、すっかり出来上がったよれよれの雨宮君が千鳥足で歩いてきた。

珍しく背広姿だったのだが、これが絵に描いたようなとでも言うのか、完全に昭和の漫画にでも出てきそうなへべれけ具合である。

御丁寧にやたらと平べったいお土産用の鮨折りを持っており、その持ち手の紐を摘まんでぶん回しながら、通行人に訳の分からないことを喚いていた。

まあ、私が定刻に遅れたことも何かの一因かもしれないので、仕方なく酔い覚ましのためにと、なるべく客のいないような古色蒼然とした店を選んでそこへと雨宮君を引っ張り込んだ。

酔っ払い独特のよく分からない抵抗をしたあと、雨宮君はぶつぶつ言いながら狭い店内の一カ所しかないボックスを占領して、一声「絶対殺す！」と叫んだ後、大人しくなった。

店は多分カラオケスナックだと思われたが、何だか店内の意匠が変だなとすぐに感じた。

……そのことは後述するとして、カウンターの中に五十絡みのママがいたが、雨宮君にジョッキの氷水を出した後、

「何にします？」と、私に訊いた。

無難に麦焼酎の水割りを頼んだのだが、お通しがさっと出てきて、確か茄子の揚げ浸しだったと思うが、これがやたらと旨かった。

訊くと結構酒肴が豊富で、奥には厨房もあり道具も手入れがされていて、なかなか侮り難い店のような気がしてきた。

腹も減っていたのでカキフライも頼んで、ママの手際を鑑賞しながら焼酎を啜っていると、入ってからずっと店内で流れているBGMが、美空ひばりのものばかりなのに気付いた。

有線放送かと思っていたが、どうも違うようだ。

壁際のラックに目をやると、ひばりのCDがずらりと並んでいた。多分カウンターの中に設置してある様子の、カラオケ用のプレーヤーで流しているようだった。

「美空ひばりがお好きなんですね」と水を向けると、

「そりゃあ、もう」と何故かママは苦笑して、

「私の命みたいなものですよ」と、言った。

それはまた大変なファンなんだなと素直に思って、曲に耳を澄ました。

それは「われとわが身を眠らす子守歌」というタイトルで、あまりテレビやラジオでは流れない曲だった。ただ、私はたまたまそれが収録されている、ひばりの「不死鳥」というアルバムを持っていた。その中でも、特に好きな曲である。

眠れ、眠れ、わが魂よという出だしなのだが、前奏のバンドのブラスが何となく記憶より安っぽい音のような気がして首を捻っていると、

「これって、ひばりちゃんの最期のステージのライヴなんですよ。……でね、そのときは何でか専門の録音機材を入れていなくって、バンドの人が個人的にカセットに録っていたものしか残っていないんですよ。それが、今度ＣＤになったもんでね……。私、そのステージを見に行ったんですよ。懐かしくって」

それで、繰り返し聞いているわけだ。その音色が、所謂カセットテープサウンドっぽい事情も分かった。

……そう言えば、美空ひばりのラストステージとなったのは北九州市小倉北区大手町にある、九州厚生年金会館だった。（現在は「アルモニーサンク」と改名）

一九八九年（平成元年）二月七日のことである。

その年の六月二十四日に、ひばりは亡くなっているから、もう相当容体は悪かったはずだ。病名は「特発性間質性肺炎」だったはずで……それで興行を打つなど、考えてみれば物凄いことである。

改めて曲を聴いていると、密やかながらも歌声の中に鬼気迫るものを感じた。

「……凄いなあ」

「凄いですよねえ」

「……若い頃からのファンで？」

「そうですねえ。ずっと一緒に生きてきたような気がしますね」

……そこまで言うのなら、このママはひょっとしてひばりと同年代なのか。そうすると、六十をとっくに超えているはずだった。

ようやくカキフライができてきたので、タルタルソースを付けて口に入れようとしたとき、ママがこんなことを言った。

「……一緒に生きてきたというか、今でも時々私に会いに来るんですよ、ひばりちゃん」

思わず半分囓ったカキフライを取り落とした。

「熱いから気を付けて下さいね。……お客さんの隣が、ひばりちゃんの定位置なんですよ」

……定位置って。

何と答えたらいいのか分からず、「これはアレな人なのか」と思いながら続けざまにカキフライを黙々と食べていると、奥のボックス席で今まで死んだようにして動かなかった雨宮君がむくりと身を起こした。

そして、つかつかと歩いてきて、その「美空ひばりの定位置」との反対隣のスツールに腰掛け、

「それじゃあ、ひばりさんはその入り口から入ってきて、このカウンターに座られるんですね？」

と、妙に呂律《ろれつ》良くしゃべり出した。

「そうですよ」

「他のお客さんのいるときにも？」

「いないときですね」

「なるほど」

……何が「なるほど」なのか訳が分からない。まあ、彼は精神科の看護師のはずだから、ひょっとしたらこういう変な場面に慣れていて、うまい具合に対応してくれているのかもしれないと思っていたが、そんな常識的なことではないことが追々分かってきた。

「それでですが」

「ええ」

「ひばりさんは……その、御容姿なのですが、亡くなったときの御様子なのですか？」

間質性肺炎と特発性大腿骨頭壊死と肝硬変でぼろぼろの状態のひばりが入り口から顔を覗かせる様子を想像してしまって、私は思わずぞっとした。

「いいえ、ちゃんとしているというのか……元気な頃の感じそのまま。……そうねえ、江利チエミちゃんが亡くなった頃の感じかしらねえ」

「ほほう、若返ってらっしゃる」

そう言って、雨宮君は嬉しそうにニコニコした。

江利チエミが亡くなったのが……私は記憶をまさぐって計算した。確か一九八二年頃だから……そうすると、確かにひばりは七歳ぐらい若返っていることになる。

一所懸命それを考えていて、はっと我に返った。

――何という馬鹿馬鹿しい会話だ。そもそも、ひばりが化けて出るわけがないではないか！

丁度ママがトイレに行ったので、私は雨宮君を肘で突いた。

「……もう出よう。何という支離滅裂な会話をしているんだ」

「ええ？」

「こんな気味の悪い店にいられるか」

「いやいやいやいや、宝の山じゃないですか、ここ」雨宮君は酔いが戻ってきたように、へらへらと笑った。

「今だって『幽霊容姿問題』解決のための、重要なサンプルが聞けましたよ」

「……何だよそりゃ」

幽霊容姿問題……雨宮君に言わすと、幽霊は例えば事故死すると、その損壊した死体の状態で出てくることもあれば、生前の一番「いい感じ」のときの姿で出ることもある。

更には、気配だけだったり、目に見えない「透明人間型」だったり、目撃譚を集めていくとそれは実に様々なのだという。

だが、そこには何らかのルールめいたものがあるのではないか、というのが彼の持論なのであった。

また更には、幽霊が着ている服は幽霊の一部なのか、はたまた幽霊が着る用の「服」なのか、「服の幽霊」なのかといった「幽霊着衣問題」というのも聞かされたが……全く心霊マニアの思考というのは、実に紙一重のものがあると思わされたものだった。

「百歩譲ったって、何でひばりがわざわざこんな小倉の場末に来るんだよ？」

何げなくそう言った途端に、何か思い当たる節がありそうな感じで雨宮君は目を伏せた。

「……そこなんですよね」

「そこ？」

「何故か、全く無関係のところに出るらしいんですよ。あれって」

「……？」

「でも、我々が客としてこうしているんだから、今日は来ないわけですよねえ」

何を言っているのかさっぱり分からず会話がフリーズしていたところに、ママが戻ってきた。

「何か作ります？」

「いやいや、そろそろ精算をお願いします」

手っ取り早くお暇《いとま》するには、仕方がないが身銭を切ったほうがいい。私が財布を広げている間に、しかし雨宮君が執拗《しつよう》に口を挟んだ。

「あのう。ひばりさんが来るくらいだから、この辺っていろいろあるんですかねえ？」

「いろいろ……？」

ママはちょっと考え込んで、

「それなら、その先の○○マンションって、噂を結構聞きますよ」

「あ、あれってここだったんだ」

雨宮君の物言いが少し引っ掛かったが、もはやそれどころではない。

「はいはい……丁度ね」

私はそれ以上話が進まないように、ママに代金を手渡すと、雨宮君の脇に手を突っ込んで無理矢理店の外に連れ出した。

背後から、ランダム再生だったのか、ひばりの「われとわが身を眠らす子守歌」が、また流れてきた。

眠れ、眠れ、わが魂よ……。

……偶然なのだろうが、何だか少し怖気が立った。

「何ですかあ、もう」

またすっかり酔っ払い然としてきた雨宮君は、不満たらたらで付いてきた。

大通りに向かうつもりだったのだが、店を出て見送られた方向が裏道のほうだったので、勢いでしばらく歩いてしまった。

もう二十三時を回って、街灯はそこここにあるものの、夜陰は深かった。

……すると、焼き肉屋の裏側とか寺の塀とかの間の路地だったのだが、いつの間にかぽつねんと我々の前を着物姿の女が歩いているのに気が付いた。

私は我が目を疑った。

その後ろ姿。……似ていた。足の運びさえもが。

……美空ひばりに。

「さっきの店、気が付きました？　欄間とかに浮世絵……春画みたいな意匠が嵌め込んであったでしょう？　板に絵付けしてある、結構手の込んだ」

雨宮君は、うつむき気味に歩いている。女には気付いていないようだ。元々酷い近眼で乱視のはずだから、アルコールの回った眼球はますます機能していないだろう。

「僕のいたボックスの天井はもう、その春画がびっしりでしたよ。……あそこって、元は結構有名だった、創業の古いオカマバーなんですよ。浮世絵みたいな奴は、男女じゃなくて……あれですよ。……えーと、そうそう、衆道趣味。当時のマスターがオカマだったんですよね」

もし、ゴーストフリークの雨宮君が女に気付くと、「幽霊ちゃん、会いたかったよ！」とか何とか言って、本当に後ろから抱きつきかねない。

そうなると、それはもう面倒なことになるに決まっていた。何故なら、あの女性は「美空ひばりの後ろ姿そっくりさん」だとしか考えられないからだ。

「で、そのマスター、四十過ぎの普通のおっさんなんですけど、飲みに来たノンケの若い男に惚れたらしいんですよね。そして、その男が件の○○マンションに住んでいた。……

けれど、それはもう針の穴を通すような恋愛成就の確率なわけで、むしろ罵詈雑言《ばりぞうごん》を浴びせられて追い払われたわけです。そして、半年ほどして病気なのか自殺なのか不明ですが、そのマスターが亡くなったと……。そしたら、マンションの周辺を徘徊しだしたらしいんですよね。化粧をした和装の男が。……そのマンションが確かこの辺……」

雨宮君が辺りを見回しだしたので、私は立ち止まって振り返った。

「……マンション、が何だって？」

「外観が特殊だから、すぐに分かるはずなんですけどね。ああ、あれかな。一部見えてますね」

雨宮君が足を速めた。慌てて追ったが、さっきの女はどこかの角を折れたのか姿はなかった。

私は安心したが、しかし、何か現実感の希薄な時間の中にいるような、おかしな気分が押し寄せてきているのを感じていた。

少し歩くと、通路や階段の照明がやたらと煌《きら》めいている中層マンションの正面に出た。なるほど、外観が特殊である。どう特殊なのかは建物が現存している以上、明かさないほうがいいだろう。

雨宮君は一階の入り口に近づいて、よせばいいのに内部を覗いているようだった。

私は少し離れて立ち、その曲面構成の外壁を見上げていたが、ふと気が付くと四階辺りの階段をさっきの女が上っているのが分かった。

また、後ろ姿である。

そして、まるでステージに登るかのような挙動で踊り場に到達した。

……曲がるときに顔が見える。

私の胸は、早鐘のように打った。

そんな馬鹿な。いや……まさか。

「あっ！」

そのとき、雨宮君が変な大声を上げた。

——彼も気付いてしまったのか？

「店に鮨折りを忘れた！」

……間が悪すぎる。

うっかり視線を外してしまい、女は階段を上っていったきり、二度と現れることはなかった。

小倉駅前の怪

　このとき雨宮君が持っていた鮨折りは、鮨屋のテイクアウト品ではなく、珍しい持ち帰り専門の個人営業店のものだったらしい。

　それこそ私の仕事のネタになるので、後日店を探したのだが、何のことはない小倉中心部の繁華街であっさりと見つかった。

　今でもちゃんとあり、安いし非常にお勧めなのだが、生憎容器の蓋がプラスチック製に変わり、レジ袋に入れて渡されるようになってしまった。

　やはり、紙を掛けて紐で縛って、あんな風にブラブラと摘まんで、ちゃんと千鳥足で歩くのが今となっては正統な気がしてならない。


　その鮨屋の辺りから北方向へしばらく行くと、小倉駅前エリアに出る。

　ここに、ＪＲ小倉駅とペデストリアンデッキで直結された大きな商業ビルがある。

　……もう、これだけでどこなのか分かってしまうだろうから、名称を隠しても全く無駄なのだが、まあ大人の事情で一応伏せておくことにする。

それに、現在入居している地元百貨店が、二〇一九年二月末日で営業を終了することが決まっており、この本が出ている頃には、どんな名称になっているのかも不明である。

この商業ビルは、小倉駅前という好立地を生かせずに、テナントの中核となる百貨店が営業不振で四回も代わっている。

それには、複雑な地権とそれに伴った高額な賃料が影響しているのだが、そんな生臭い話は置いておいて、平成五年（一九九三年）のオープン当初から付きまとった怪談話について、ここでは御紹介しておきたい。

旅行客などが、先ほどの鮨屋に酔客が流れてくる辺りの飲み屋街を歩いていると、飲食店の間に不意に場違いな感のある古い寺院が現れてぎょっとするらしい。

そもそもこの辺りは寺が密集しており、件の商業ビルのある土地にも雲龍山永照寺という古くからの寺院があった。

寺の縁起によると明応四年九月二十八日（一四九五年）にまず草庵を営み始めたというが、細川忠興による小倉城本格築城に伴って問題の土地に寺を移している。

慶長七年（一六〇二年）、関ヶ原の戦いの二年後のことである。翌年、徳川家康が江戸幕府を開府するのだが、実にそういう時代であった。

紫川を挟んで、西側は武士階級、東側は町人及び下級武士を定住させる政策で、順調に城下町は発達していった。永照寺はその町人街の北の外れに位置し、当時は海岸線もほど近かったものと思われる。

そして江戸、明治、大正、昭和という四時代を丸々経過していったわけだが、その過程でたまたますぐ傍に駅ができてしまった。

そのせいで周囲が繁華街化してしまい、挙げ句に「駅前に寺は似合わない」等と言われ、またもや移転を余儀なくされてしまったわけだ。

その跡地を商業施設とする計画が、様々な思惑で進み始め、やがて建設工事が始まった。

寺は紫川西岸の大手町に移転し、墓所も整備計画が策定され一応恙《つつが》なくそれも移動が成された。

……が、分かっていそうなものだが、何しろ古い寺の跡である。ある程度の表土を除くと下の層から人骨が次々と現れた。

また、本堂の撤去後その地下も調査されたが、そこには更に古い時代の墓地跡が発見され、更に大量の遺骨が出土する有様となった。

座位屈葬の土葬墓、火葬墓、骨壺、古い墓石等々が次々と現れる。

この遺骨に関して、まことしやかに囁かれる噂話の殆どは「多くは回収しきれずに、そのままコンクリートを流し込んで、固めてしまった」ということになっている。

真偽のほどについては後ほど述べるが、これが謂わば口火であった。

平成五年のその商業施設のオープンのすぐ後、まだ新規来店客が引きも切らぬ頃、突如として地下駐車場の一部が閉鎖された。

このとき、店側が公式にはどういう理由を挙げたのかは不明だが、周辺にはいつの間にか「幽霊を目撃する客が頻出してしまい、店側が慌てて閉鎖した」という噂が駆け巡ることになった。

駐車場から溢れた車も多く、多分不審を覚えたその人達からも広がったのだろう。

曰く、白い着物を着た現代人とは思えない女が出た。

曰く、鎧甲冑姿の血塗れの落ち武者が出た。

……と、墓地の話に因《ちな》んだのか、えらくクラシックな幽霊が出たことになっている。

事実関係から言うと、駐車場が閉鎖されていたのは本当である。

私も見ているが、当時わざわざそれだけを見に行ったという雨宮君も、地下三階駐車場入り口に張り渡されたロープや、妙に荒ぶった誘導員の様子などを憶えていた。

だが、このときの複数いたという初期段階での目撃者が本当にいたのかどうかが分からないし、その後騒動が落ち着いてからは普通に地下三階の駐車場は何度も使って何ともなかったので、私は心霊スポット化を阻止しようとして店側が勇み足をしたのではないかと思うようになっていた。

それに一つ決定的なことがあって、それについては雨宮君をヘコますために議論を吹っ掛けたことがある。

「……決定的なこと？」

「地下駐車場に落ち武者が出たって言っていたが、あそこの寺は慶長七年に移転してきたんだ。墓地の開設も同じ頃だと思う。合戦はそれ以後あの近くでは起きていないぞ。何で落ち武者が化けて出てくるんだよ？」

……そもそも落ち武者の幽霊というのはよく怪談に出てくるが、大抵ガシャガシャと派手に鎧の音を立てて追いかけてきたりする。

これが、私は気に入らなかった。

軍事行動用の武装なので、実際にはそんな騒々しい鎧は使えないのである、鎧の袖の部分や草摺《くさずり》と呼ばれる大腿部防御用の垂れなどは布で裏打ちしてあり、なるべく音を立てないように神経を使ってあるのだ。

「……幽霊に時代考証を加えるとは、恐ろしい人だ」

「で、何で落ち武者が出たんだ？」

「……えーと、これは『幽霊着衣問題』とも絡むんですが、実は全く関係のない格好をして出てきているのかもしれません。まあ……つまり……コスプレ？　……かも」

「……ああ？」

相変わらず、何を言っているのかさっぱり分からない。

「状況から見て、脅しに来ているんですよね。幽霊側としては」

「それはまあ、どう考えても友好的だとは思えないがな。……だったら、より怖くしてやれと？」

「甲冑姿で血刀振りかざしていたら、普通でも怖いですからねえ。現代怪談でも脅しにかかっている幽霊は、見た目勝負の奴が多いですよ。……腐っていたり、顔面に穴が開いていたり」

腐った幽霊……何か新しいように感じるが、元々幽霊ってそういうものじゃなかったかと首を捻っているうちに、結局うまいことけむに巻かれる始末となった。

……怪談本としてこれではあんまりなので、二番目にテナントに入った百貨店時代の話を一つ御紹介する。

Ｊさんというラウンジ嬢なのだが、その日閉店ぎりぎりになって百貨店フロアの二階に化粧品を買いにやってきた。

普段用と営業用で使い分けていたのだが、その日はそれぞれポーチに入れたそれを取り間違えてしまい、店の控え室でメイクをしようとしてミスに気付いた。

不思議なもので、家に置いてきたほうのセットでないと、夜のキャラクターになりきれない気がするのだった。

彼女の言では、夜の化粧は「戦闘服みたいなもの」なのだそうだ。

しかし、今からＪＲで家まで取りに帰るのは無理だ。が、百貨店までは、歩きで間に合う。

そういうわけで、大急ぎで購入にやってきたわけだった。

フロアにはそそられる新商品もあったが自分のシフトまでの時間がないので試用もできず、いつも使う定番のものを包んでもらっていると、並んだショーケースの間を早足で横切っていく男性の姿が目に入った。

「あれっ？」

それは明らかにラウンジの店長代理で、今頃は開店の準備をしていないといけないはずだ。

「ちょ、ちょっと」

声を掛けたが、まるで耳に入らない様子で、一目散に奥にあるエレベーターのほうに向かっていく。

まだ包装が終わっていなかったので、断りを入れてその場を離れ、店長代理が乗ったエレベーターの表示階を確認した。

……十二階？

そこにはレストランがあったが、

「……何の用だろう？」と怪訝に思った。

実はJさんは店長代理と、しばらく付き合っていたことがあった。が、……いろいろあって、今はそれぞれに彼氏彼女がいる。

ただ、一時期は気心の知れていた間柄であったので、店長代理のどこか青ざめた表情にはピンとくるものがあった。

「あれは、修羅場の顔だわ。……女絡みの」

時計を見ると、十五分くらいなら何とか余裕を絞り出せそうだった。

もはや、店長代理とは単なるビジネス上の付き合いしかないのであるが、不可解な好奇心に突き動かされて、Jさんは商品を受けとるとエレベーターに乗り込んで後を追った。

十二階に着いて、吹き抜けの向こうのレストランの中を窺ったが、それらしき姿はない。うろうろしているJさんに気付いたウエイトレスが、店の中からこちらを窺っていた。客と思われないように大仰にそっぽを向いたのだが、その視線の先の大きなガラス窓の向こうに、店長代理らしき人影がちらりと見えた。

「外？　……屋上？」

こんなところから屋上に出られるのかと、初めて気付いた。そして、外部へ通じるドアを探して、それを開けると小走りに先ほどの人影の後を追いかけた。

店長代理の向かった先には矩形の結構なスペースが広がり、予想外にも赤い鳥居が立っていた。

奥まった一角にはちゃんとした社もあり、堂々とした稲荷神社がそこには設けられているのだった。

夜なので照明で浮かび上がったそれは独特の威容で、周囲と比較して何とも言えない違和感をもたらした。

ビルの屋上の神社というのは、Jさんは他所で見たことがあったので、雰囲気に臆したもののそれほどには驚かなかった。

だが……。

店長代理がそこで普通に参拝をしているのなら、踵《きびす》を返して帰っただろうし、待ち合わせの様子なら少し窺って、それも帰っただろう。

店長代理は泣きながら、土下座を繰り返していた。

「許して下さい！」

「ごめんなさい！」

「助けて下さい！　K子さん」

K子というのは、聞いたことのない名前だった。ラウンジにもいない。写真だけ見せてもらったことのある、現在の店長代理の彼女でもなかった。

そうやって訝しんでいる間にも、店長代理は米搗《つ》き飛蝗《ばった》のように、絶え間なく土下座を繰り返しているのだった。

しばらく唖然としてそれを見ていたが、いつまで経っても埒《らち》があかないので、Jさんは恐る恐る声を掛けた。

「何をしているの？」

「ひぃっ！」

店長代理は声を掛けた途端に、激しくのけぞって背中側で四つん這いになり、脇にある灯籠のほうまで這い進んでぶつかって止まった。

目を見開いて本気で驚愕《きょうがく》しているその表情は、尋常なものではなかった。

「どうしたのよ?」

「……お、おまえか」

呼吸がつらそうで、顔色が悪い。店長代理は過呼吸を起こしているようだった。少し休むように言って落ち着かせ、わけを訊くと、最初随分躊躇《ためら》っていたが、ぽつりぽつりと信じられないことを話し始めた。

実は十九時過ぎに車で出勤したのだが、地下駐車場の自分の枠に入れ、ドアを開けて外に出た途端に、『K子』がぬっとコンクリートの柱の影から出てきた。

「地下駐車場?」

ちらりとここの駐車場の噂が頭をよぎったが、そうではなく個人で契約している別の場所の地下駐車場だという。

「だから何? 女絡みなら……あんた、また二股?」

「……いや、それはともかく……もう死んでいるんだよ。K子……」

彼女は店長代理が通うスナックで時々アルバイトをしていた、普通の女子大生だった。

二月ほど前、一人で実家に車で向かっていて、何の変哲もない緩徐なカーブで道の脇の石垣にぶつかったのだと、苦しげに彼は話した。単独事故で、居眠りかハンドル操作を誤ったということになっていると。

そして、現れた『K子』は、普段家で着ていただぶだぶのダークグレーのパーカー姿で、フードを目深に被り、柱の影から不自然に上半身だけ身を乗り出して、

「あんたは、私に病気を感染《うつ》したわね。全然死に切れないじゃない。どうしてくれるの」

と、まるで生前の口調そのままで店長代理をなじった。

「病気？」

「……で、許してほしかったら、ここに来て精魂込めて土下座を千回しろ、さもないと祟り殺すって……」

Jさんは、実はさっきから気になっていたのだが、立派な石柱に刻んで示してある、この神社の名称は「瘡守《かさもり》稲荷神社」なのだった。

瘡って……。性病じゃないか！

「あんたまだ、二股の上に風俗行ってるの！」

Jさんは、K子さんの無念やら、過去のしがらみやらで頭にきた。

仕事のことも、どこかに吹っ飛んでしまった。

百貨店の閉店時間と、ビル自体の閉館時間が違っていたので、Jさんの監督の下、その夜のうちに、店長代理の「土下座千回」は無事達成されたのだそうだ。

……K子さんは、その後現れてはいない。

この「瘡守稲荷神社」の由来は次の通りである。（神社の掲示より）

「寛永（自一六二四年至　一六四四年）の頃、小倉城主小笠原侯に仕える真砂政次郎《まさごまさじろう》という武士が、主君に従って江戸に滞在するうちに、花柳街に遊び瘡疾（性病）を患いました。当時の医薬では効果少く、友人の勧めで江戸南方の瘡毒に霊験新といわれる瘡守稲荷神社に詣で、平癒を祈願しました。そのとき政次郎は、『速かに癒えしめ給わば、帰郷して祠を建て、厚く敬ひ奉らむ』との誓詞を捧げました。その甲斐あって、幾許もなく病癒え、壮健の身となって帰郷することができました。

しかし、帰郷した政次郎は、多忙に取紛れて一年余も誓詞のことを忘れていました。すると、ある梅雨の夜、夢心地のうちに門前に騎馬の音が聞こえ、更に「汝は、江戸にての瘡の癒えたるを忘れたりや」との叱責の声を聞きました。

政次郎は大いに悔い、急ぎ神恩に報いるために、家人、親族の協力を得て、博労町（現在のこの地）に在った宝典寺別院の大日堂境内に祠を建て、寛永十四年（一六三七年）五月十五日鎮座の祭典を挙げました。これがこの神社の起りです」

件の商業施設の敷地は、北九州市教育文化事業団によって埋蔵文化財の緊急発掘調査が行われた。古銭や古い土人形など人骨以外にも実際はいろいろ発掘されているわけだが、結果としては「京町遺跡」と呼ばれるこのエリア全体で千四百個体余りの人骨が回収された。

例の噂、「回収しきれずにコンクリートを流し込んで埋めた」というあれだが、実際には全部ナンバリングされ、人類学的知見や疫学的な研究など、様々に利用されたようだ。

墓石の調査もあり、最も古いものは寛文元年（一六六一年）、最も新しいものは永照寺が管理していた現存墓地にあった慶応三年（一八六七年）のものであった。

「……あれっ？」と、この年号に私はふと不安を覚えた。

慶応三年といえば大政奉還が行われた年で、翌年には鳥羽・伏見の戦いが起こっている。落ち武者は、さすがに戦国時代のイメージが強くて、つい知ったかぶりをしてしまったが、幕末のゴタゴタをすっかり忘れてしまっていた。

そう言えば、小倉藩は慶応二年の第二次長州征討に参加している。このときは総大将の小笠原長行の指揮がはかばかしくなく、優勢な部分もあったものの最終的には長州軍に追い詰められ、小倉城に火を掛けてかなり凄惨な撤退戦を行っているのだった。

……正に件の地で落ち武者が大量生産されていても仕方のないくらいの、見事な負けっぷりであったのである。

後日、雨宮君から件の商業施設を施工した建設業者の人から、証言が取れたとのことで報告があった。

「できたばかりのフロアの上を、落ち武者が一体、うろうろしていたんだそうです。……根強いですねえ。落ち武者」

「……うーん、多少近代化しているかもしれないけれど、それもまあ、多分、落ち武者、なんじゃあないの?」

「……何だか、前に言っていたことと違いません?」

リバーウォークと乃木希典《のぎまれすけ》

小倉駅前エリアから西へ向かい、紫川を渡るとかつての武家町の区画に入る。そして、現在では小倉城本丸のすぐ傍に、大型複合商業施設「リバーウォーク北九州」が開設されている。

平成十五年（二〇〇三年）に、オープンした。

商業ゾーンの他に美術館等の文化ゾーン、ＮＨＫや朝日新聞社などのマスコミのゾーン等があるが、それぞれが別の建築物に見えながらも実は一つに集積している。

ゴッタ煮感もあるが洗練も感じさせるという、なかなか奇抜なデザインで開設当時は北九州市民の度肝を抜いた。

今でも人気のスポットであるが……生憎この施設については、さしたる怪談話はない。が、ここの黄色い建物の南側に出て外縁を歩いていくと、ひっそりと小さな石碑が植え込みの中に設けられている。

「乃木希典　居住宅の跡」と刻まれ、横の銘板には「この石碑は乃木さんが歩兵第十四聯隊長心得として　明治八年十二月十九日着任以来同十年二月十三日　西南の役に出動するまで居住した跡を示すものである」と解説まで入れている。

私は、「怨霊黙示録」絡みで日露戦争に於いての日本海海戦についてはかなり資料を調べており、その指揮を執った東郷平八郎についても、細かな逸話も集めるくらいで相当詳しいつもりでいる。

しかし、東郷と同じく軍神とまで言われたこの乃木希典大将については、どうにも食指が動かないというのか、ずっと惹かれるものがなかった。

司馬遼太郎の「坂の上の雲」辺りで描かれた愚将ぶりが、印象のどこかにあったのかもしれない。

だからこの石碑を見たときも、「たった一年ちょっとしかいなかったのに石碑が建つほどの、果たしてそんな大人物なのか？」と首を傾げるばかりだった。

……だが、思わぬところに乃木のファンがいた。

それは、他ならぬ雨宮君で、彼に言わせると、

「乃木希典は、日本の実話怪談史に於いては、近代の部の最重要人物の一人」なのだそうだ。

怪談史というのが意外だったが、実は乃木は怪奇現象を実体験しており、明治以降、日

本は急速に合理主義の世の中になりつつあったというのに、臆しもせずに人前でそれを話すことが大好きだったらしい。

私の尊敬する東郷平八郎は、どこを切っても軍人の鑑みたいな人で、一分の隙もないというのか、良くも悪くもそういうヘンテコな部分はなかった。

つい興味を持って、書庫にある手持ちの資料を当たってみたのだが、これがなかなか面白い経験となった。

そういうわけで、多少御当地怪談の趣旨からは外れるのだが、「元祖怪談師」乃木希典の怪談をここで御紹介したいと思う。


乃木希典という人物についての説明をまともに書き出すと、概略でもかなりの分量になってしまうだろうから、ここではエピソードごとに必要な部分だけ補遺することにする。

乃木の怪談には、本人が十四、五歳頃に初めて怪異を目撃した定番の話と、所謂「大ネタ」である金沢の宿の話があるが、先に軍事美談的に広まっていた日露戦争での話を紹介しよう。

明治三十七年（一九〇四年）帝国陸軍第三軍司令官に任命された乃木は、中国の遼東半島先端部にロシア帝国が築いた旅順要塞を攻囲した。

幾つもの堡塁があり、各所に要塞砲や機関砲を配置した近代要塞で、その攻略は困難を極めた。

最終的には占領に至ったものの、この旅順攻略戦では全体で戦死およそ一万五千名、戦傷約四万四千名という正に悲傷な被害を出した。

数度の総攻撃で七千人という憂慮に値する戦死者を出していたが、日本軍は概ね一部を残して要塞を攻略。しかし、旅順港を一望でき敵艦隊の動向を把握できる重要丘陵、所謂「二〇三高地」の奪取が必要となった。ここには、かなりの敵兵力が残存しており、これを攻略するためだけに、更に五千人もの戦死者を出してしまったのである。

果たしてこの「二〇三高地」の攻略をこの時点で行う必要があったのか、というのが後世での議論のあるところであるが、これに乃木希典の次男、乃木保典《やすすけ》も後備第一旅団の副官として参加していた。

保典は十一月三十日午前十時頃、海鼠《なまこ》山付近で敵の砲弾を至近で受け、斜面を滑落して岩場で頭部を砕かれて即死した。

……以下は井上円了の「真怪」に収録されている、明治四十三年の報知新聞の記事部分を平易に直して記述する。

〈その悲報は電話を通じて、乃木希典の営所へ達した。しかし、乃木司令官は就寝しており、居合わせた側近達は処置に迷った。

乃木の長男勝典《かつすけ》（歩兵第一連隊小隊長）も半年前に南山の戦いで死亡しており、子供は二人しかいないので、今回の悲報は実に忍びない。

参謀の白井少佐がその任に当たり、悄然として乃木司令官の室を訪れた。

少佐は乃木を起こしたが、すぐには言い出しかね、逡巡している。

乃木は、

「何だ？」と問うたが、白井少佐の報告を聞き、

「そうか」とだけ答えた。

だが、すぐに、

「……実は今ここへ倅《せがれ》が来た」と言い出した。

何をしに来たのかと現れた保典に訊いたが、ただ「お父様に会いに来ました」と言う。

ところが、幾ら父に会いに来たとはいえ副官の徽章《きしょう》を着けていないのだった。

陣地内では、幾ら親子の間柄でもそれは不都合だから、

「『帰れ』と叱って、今帰したところだ」と、乃木は言った〉

この話は何パターンか存在するようで、昼間保典が乃木の部屋に普通の様子で自分の戦

死報告に現れたり、時代が進むにつれ段々と保典がクッキリとした感じになってくる。

「軍事美談として散々描かれた結果、保典が実に礼儀正しく、生前のままの軍服姿で現れるようになってきます。江戸時代以来のドロドロした伝統的な幽霊が、この時点でジェントル・ゴースト化しているんですよね。生きている人と区別の付かない幽霊という怪談の類いは、これから始まったんじゃないかと思っています」

……とは、雨宮君の解説である。

旅順攻囲戦は日本軍の勝利となり、開城のためにロシア軍の司令官アナトーリイ・ステッセル中将と乃木は水師営に於いて会見を持った。

その際、ステッセルからアラビア種の白馬を贈られたという話は有名で、乃木は後々まで大切に愛育している。

馬はステッセルの頭文字を取って「寿《す》号」と名付けられた。「寿号」は日本軍の軍馬の体格改善のために繁殖馬としても重宝されたが、明治四十二年七月の明治天皇の崩御に際して、九月十三日大喪儀の日に持ち主である乃木夫妻が殉死してしまう。

このため、鳥取県赤碕の佐伯牧場へと引き取られたが、隠岐のある名門家へと更に譲渡され、大正八年五月二十七日に馬齢二十三にして死亡した。

この寿号を引き取った名門家の当主（代議士だったとも）がその後に死亡するが、その葬送の写真を現像したところ、葬列の中にその場にいないはずの白い馬の姿が写っていた。
人々は、これは「寿号」であるとして、噂し合った。

「怪談実話作家の田中貢太郎も取り上げているんですが、この写真は新聞に載ったのか、ネット上で残存しているようです。これはもう、後に怪談における一大ムーブメントになる『心霊写真』の走りですよね。マスコミが絡んだ心霊写真という点でも最初期じゃないかと思います」

……次は、乃木が定番にしていた若い頃の話である。大正三年に出版された「乃木院長記念録」という本の中から、明治四十三年六月二十四日に学習院の寮における茶話会で、乃木が語った部分を平易に直して記述する。

〈それは十五、六歳の時分のこと、当時長門の萩に住んでいた私は、よく父に言いつかった用事を帯びて、他所へと使いに行っていた。
その日も、在所より七、八里を隔てた某所へと赴くこととなった。まずは峠を抜けて、三隅の辺りを目指さなければいけない。

勿論、当時は道も今日のように立派ではなく、またこの辺りは山また山という有様で、道中は非常に寂しかった。しかも、そのときは夜の単独行であった。

空は一面に曇り、星一つ見えるではなく、風もなく、霧のように細かい糠《ぬか》雨がジメジメとして顔に降り注ぐ。

提灯も持たず、咫尺《しせき》をも弁ぜぬような真っ暗な中を、ただトボトボと登っていく。やがて差し掛かったのは、有名な玉江坂であった。五六合目へと登り着いたときには、既に夜半を過ぎ、天地も静まりかえっていた。

……すると、突然目の前に一人の婦人が現れた。

それは、蛇の目の傘で顔から胴の半分を隠し、脚のほうが見えているだけであったが、足には真っ白な——しかも田舎には希な程の——際だって目立つほどの白い足袋を穿いて自分の前に来た。

そのときは、自分は咄嗟《とっさ》に左のほうに避けて通り過ぎた。

こんな山道に女？　疑問は渦巻いたが、とにかく急ぎの使いであるから尚も七八町も歩みを進めると、また、同じような婦人が蛇の目傘を持ち、丁度前と同じ姿勢で現れ自分と通りすがった。

しかも、あの際だった白足袋も同じである。

さすがに異様な気配を感じて、背中から冷水を浴びせられたような気がした。

……一体、真っ暗で目と鼻の先さえ分からぬ中に、蛇の目傘と白足袋だけが瞭然と見えるというのがおかしな話である。

理屈が付かない以上、これは己の心の迷いであろうと思ったが、このときは随分怖ろしかった。

しかし、尚も歩き通して、その晩のうちに目的地に達した〉

乃木は思い返す度に納得がいかず、この玉江坂の辺りで誰か怪事に遭わなかったかと折々に訊ねて回っている。だが、同じようなものを見た人はいなかったようだ。

「この蛇の目傘の女はあれですね。謂わばビジュアル系とでもいうのか、主として視覚に強烈に訴えているという点で、印象に残りますよね」と、雨宮君。

「個人的には、何故か顔を見せないというところが、ある種の一群の特徴だと思っているのでこの話は非常に納得できます。それと、一番肝心なのが、闇の中なのに蛇の目傘と白足袋だけがはっきりと見えるという点。……現在も議論の的になる『幽霊光源問題』の登場ですよね」

……また、何だかややこしいことを言い出した。

「幽霊……何だって？」

「幽霊の光源は何だという話です。よくあるんですが、幽霊の目撃譚を聞いていると結構な数の人が、夜中に何にも照明のないところにいる幽霊を見ているんですよね。お祭しの通り、心霊スポットが多いですが」

「それは、気にしたことはなかったが？」

「照明を消して真っ暗な車の中にいたら、外部前方から白い人影が迫ってきた。……何で見えるんでしょうね？」

「それだと……幽霊自体が、発光しているんじゃないのか？」

「そうなってしまいますよね。そうすると、アレは内部に光源を実装していると言うことになってしまいます」

そう言われると写真にも感光するようだし……。

……いやいや。

「ホタルイカじゃないんだから、それはおかしいだろう」

「……おかしいんですよ。それにこの場合、発光しているのは蛇の目傘と足袋……」

堂々巡りになる予感がするので、乃木の一番不気味な話へと移ろう。

これも、「乃木院長記念録」の記述からである。

〈これは明治二三年の頃、所用があって加賀の金沢へ行ったときのことであった。（乃木は二十歳くらい）

このときは、萩原という人の家へと宿泊した。

この時分は戊辰戦争の後で、彼の地では空き家が多かった。萩原家というのも空き家の一つであって、それが自分の宿泊所に当てられたのである。

家は三階建てで、大層眺望が良さそうであった。

自分は昼間は用事があって諸方へ出向き、夕食と朝食をここでするのであるが、朝出ていくときに賄《まかな》いの老婆へ、今夜は三階で寝るから寝床を三階に取ってくれと命じておいた。

その晩帰ってきて、食事をしながら寝床を三階に取ったかと訊ねると、

「いえ、二階に取りました」と言う。

おかしな奴だと思ったが、その晩はそのまま二階で寝て、翌朝は、

「今夜は、三階に取れ」と強めに命じて外出した。

さて、帰ってきて床をどこに取ったのか訊くと、笑い顔を作りながら、

「やはり、二階へ取りました」と言う。

……さては、三階へ夜具を持ち運ぶのが面倒なので、二階に取るのだなと察し、その後強いて三階へ床を取らせた。（筆者注・自分で夜具を運んだと記述された書籍もある）

その夜は念願の風景などを賞し、やがて寝てしまったが、ふと目を覚ますと何者かが部屋へ入ってきたような気配がした。

どうもうっすら女の声がして、蚊帳《かや》の上から顔を寄せて、すうっと自分の耳の傍へ近づいてくるようである。

思わず跳ね起きて、辺りを見るが誰もいない。

夢かと思わざるを得ず、また一寝入りしたが、またもや誰かが部屋へ入ってきた気配がした。薄目を開けると、蚊帳に女の顔が浮かんでいる。

跳ね起きたが……しかし、やはり誰もいない。

寝ると見え、起きると見えないという有様で、一晩中それに襲われ、一向に安眠を得なかった。

翌朝の食事後、今夜も三階に寝床を取れと命じて外出し、夕刻帰ってきて、寝床をどこに取ったかと訊くと三階に取りましたという。

そこで今夜は、一つ用意をして寝てみようと思い、どうやって正体を暴くのか考えていると、さて眠れない。

二時三時を過ぎても眠れず、ようやく明け方にとろとろと眠りかけた。するると、また昨夜の女が同じ姿勢で出てきた。跳ね起きて追いすがろうとしたが、もういない。

実に不思議であった。

朝食の後、寝床のことは何も言わずに外出したが、帰ってきて夕食の際、寝床はどこに取ったのか訊くと、老婆は、

「旦那は三階でお休みになると、一晩中起きておられるようですから、今夜は二階に取りました」と答えた。

さては、自分の挙動を見られたかと思ったので、その後は老婆の取るままに任せた。しかし、自分ではもう一度三階で寝てみたく思っていたが、遂に機会を逸してしまった。三階のことについては、老婆からは何とも説明は無し、自分からも訊きもせずにそのままになっていたが、後に他所で聞いたところでは、彼の萩原という家では先代の頃、妾が不義をしでかしたとか言うことで、主人が三階の柱に縛り付け、そのまま食事も与えずに餓死させたという事件があったらしい。

このために、遺恨が残って……出る、という話であったが、自分は何も知らずに泊まって、これに襲われたと言うことになる。

玉江坂の女と、この萩原家の女は……妖怪譚でもなく、何という譚のものになるのであろうか。

自分でも、未だに解決がつかないでいるのである。〉

「今流行の『事故物件モノ』ですねえ」

「今流行って……」

「完成度が高いというのか……概ね、このまま今でも通用しますすよ」

「いや、実体験だろう……」

「怪談の要素の話ですよ。夜中に部屋に誰か入ってきたような気がするっていうのは、似たような経験は誰でもあるでしょう。蚊帳に顔が浮かんでいるような気がするというのも実に分かるんですが……今は、若い人は、蚊帳って使わないから分からないかなあ」

「この話は『幽霊光源問題』についてはどうなんだ？」

「明治初期に枕灯があったのか、ですかねえ」

「電気はまだ来ていないないな」

「ランプかな？」

「でも、真っ暗でも室内って何となく見える気がしますけどね」

「明かり無しで夜道を歩けるんだから、その辺の感覚が現代人とは違うのかもなあ」

……実は、そんなことよりも雨宮君が玉江坂の蛇の目傘の女の下りで「何故か顔を見せないというところが、ある種の一群の特徴だと思っている」と話していたことが気になっていた。

それを訊くと、雨宮君は腕組みをして、

「……あれって、まあこれは個人的な見解ですが、予兆とか、お告げとか、何かの兆しを告げに来るときに多いような気がするんですよね」と言う。

「幽霊……というのと、ちょっと毛色が違うというのか」

「……ふうん」

と、受け流したが、実は個人的に思い当たる節があって、少し考え込まされた。

乃木希典について補足すると、十八の頃、前段にあった第二次長州征討に、彼は迎え撃つ側で参加している。

この頃は西洋砲術を学んでおり、山砲一門を預かり、山縣有朋《やまがたありとも》の総指揮の下、小倉側徳力の陣地を攻略している。

このときの武勲が、後の大抜擢を呼び、凄絶な軍人としての一生が始まるのであるが、蛇の目傘の女はその茨の道が顕現した予兆だったのだろうか。

それと、実は彼は小倉城も攻めたようで、そうすると乃木は例の落ち武者を発生させた張本人でもあるということになる。

若松主婦殺人事件

乃木の、殺人のあった家の話が出た勢いで書いてしまおうと思う。

この話は、実際の殺人事件の絡んだ話であって軽々しくは扱えないのであるが、どうにも私も、雨宮君も気になっている件なので事実関係だけを書く。

それと、後で出てくる「聞き込んだ話」が、良くできた「嘘」の可能性もあることをお断りしておく。

若松主婦殺人事件（北九州市若松区青葉台南における主婦殺人事件）は、平成十三年六月二十九日金曜日の午前中に発生した。

主婦のSさんが、自宅で何者かに胸などを刺されて殺害された。

当時四歳の長男と、送ってきた幼稚園職員が居間で血を流して倒れている母親を見つけて発覚。この四時間前には、およそ三キロメートル離れた遠賀郡水巻町のスーパーで、Sさん名義のクレジットカードを使って現金が引き出されていた。

ＡＴＭの防犯カメラには、キャップ帽子を被り、更にフード付きの雨合羽で全身を覆った人物が写っていたが、現在に至るまで誰であるのか特定されておらず、未だ犯人逃亡中の未解決事件である。

この人物（男性と思われる）は、暗証番号の入力に失敗し、一度店を出てから再度現れ、三回目に入力に成功し、四十九万円を引き出している。

Sさんの司法解剖の結果は、刃渡り十センチ以上の鋭利な刃物で背部と胸部を刺されており。死因は失血死であった。

居間にはカーテンが引かれ、窓には内側から鍵が掛かっていた。

居間の家具は位置がずれており、Sさんは室内に侵入した犯人と激しく争った模様だ。

室内には土足の足跡があり、一人分のものしかないことから、犯人は単独犯だと考えられている。

この事件から、およそ五年近く経った頃である。（ちなみに、例の「美空ひばり」の一件の二、三カ月前だとのこと）
雨宮君が一人で開拓したての、やや高めのスナックに飲みに行った。
場所は、小倉北区の歓楽街である。
客は他におらず、馴染みというのか、お目当ての女の子はおらず、時間も早目だったためか、アルバイトだという女の子が一人でカウンターに入っていた。

「ママも遅くなるみたいで……不慣れですみません」

と、その新人の子は言った。

それでも、愛嬌もあって話も合ったのでゆっくり飲んでいたが、悪い癖で雨宮君はつい怪談の方向へ話を持っていってしまい、

「何か不思議な話とかないかな？」

と、問いかけた。この頃は怪談に関する原稿はまだ書いていなかったようで、怪談蒐集は純粋な趣味であったとのこと。

すると、その女の子はちょっと考えて、

「若松で、何年か前に殺人事件があったじゃないですか」とすらすらと話し始めた。

「家にいた奥さんが刺されて殺された」

「ああ、あったなあ」

「うちは、まあ家はそんなに離れていないんですけど、その奥さんは何かの折に顔はお見かけした……くらいの感じで、付き合いも何もないんですけどね」

「……ふーん」

あの辺りなんだ、と思っていると、

「母が言うには、事件後しばらくたった頃、夢枕にその殺された奥さんが立って、何とい

うのか真剣に一生懸命はっきりとした言葉で訴えるんだそうです」

「……え？」

まさか、幽霊の存在証明で一番の疑義に当たる部分の話かと、ピンと来たという。

「私は、これこれこういう風な、どこそこ辺りに住んでいる男に殺されたって、結構具体的に話すんだそうです。何回もあったらしくて、それで随分悩んでいました」

犯罪被害者の幽霊が、自分を殺した犯人を証言する。

それは、幽霊出現のための情動の最も強いエネルギーになりそうなことなのだが、何故これが世間で起こらないのか。

それが心霊現象否定派の論拠になっているくらいだが、この話が本当なら、何もかも世界観が引っ繰り返ってしまうのではないのか？

と、雨宮君は固唾を飲んだ。

「全然、付き合いもないのに……何で私なんだろうって、ずっと言ってました」

「それで……どうなったんですか？」

「あまりに気になるので、若松署へ相談して……まあ、勿論、殺された奥さんが夢枕に出たという話が、まともに相手してもらえるとは思えなかったので、相当躊躇ってからなんですが。そもそも現実的には、情報提供にも当たらないのだから、その旨謝って聞いてもらったそうです」

何だか理不尽な話である。が、……そうなるだろうな、と雨宮君は思った。

「でも、興味は持ってくれたみたいで、聞き取りはしてくれたそうです」

「で……？」

「後日、連絡が来て……」

「……来たんだ」

「一応、調べてみたら本当にそういう人物がいたということでした」

雨宮君は、身を乗り出した。

「それで？」

「……それっきりです」

ああ、そうかと雨宮君は思った。未だに犯人が捕まっていないと言うことは、その人物には多分ちゃんとしたアリバイがあったか、明らかに無関係なのが証明されているのだろう。

未解決事件なので、捜査の進捗が外部に漏れてくることなど、まずない。

五年も経っているのだから、もはやそのセンはないと判断されてしまったのだろう。

このアルバイトの子のお母さんが警察署に相談に行った時期というのは、聞きそびれてしまっていた。しかし、事件後一、二年の間ではないかと思われる。

店に来客があったり、時間も時間であったので雨宮君は、礼を言ってその日は帰った。

半月ほどして、雨宮君が再訪すると店のママがいたが、話をしてくれた女の子はいなかった。

アルバイトの子のことを訊くと、辞めてしまったという。

名前も忘れてしまっていたので、連絡先を訊ねたが、

「もう、お店と切れてしまっているので、そういう場合は教えられないことになっているんですよ」

と、はっきり断られてしまった。

思い返すと、良くできた作り話の可能性も否めないし、怪談蒐集の目的は達していたので一旦この件は、簡単なメモの形で残され、時間が経過していく。

美空ひばりの店の一件のとき、雨宮君が、

「何故か、全く無関係のところに出るらしいんですよ。あれって」

と、言っていたのは、この若松主婦殺人事件の話が気に懸かっていたかららしかった。

二〇一二年の六月頃、小倉の二十四時間営業の安居酒屋で雨宮君と飲んでいたときのこと。

私が多分どこかの未解決事件の話をしていたのだろうと思う。それで、

「幽霊がいるのなら、何で出てきて『自分は誰それに殺された』と言わないんだ？」と、心霊否定で噛みついてみたようだ。

「……いや、それが……出てきてちゃんと証言した例があるらしいんですよ」

という流れで、初めて若松主婦殺人事件の話を知った。

興味深い人には、実に興味深い話ではあったが、生憎「良くできた嘘」の域は出ていない。証拠にならないので、更に否定しようとしたとき、店の隅の棚に設置してあった十四インチのテレビから、

「若松区の主婦、Sさん、当時三十四歳が、自宅で殺害された未解決の事件が、発生から十一年を迎えました」というアナウンサーの声が流れ始めた。

「……嘘だろ」

「……良くできた偶然ですよね」

雨宮君が皮肉を言った。

二人で黙りこくってそのニュースの画面を見つめていると、やがてＡＴＭ内にいる白い

雨合羽を着た人物の映像が始まった。

「……顔が見えないな」

「微妙に見えませんね」

未だに捕まっていない犯人の姿だと思うと、実に憎々しい。

「祟られればいいのにな」

「ですね」

……だが、依然犯人は逃走中となっており、現在でも未解決のままである。

私も雨宮君も、何げなく点けたテレビが、この若松主婦殺人事件に関したニュースだったことが、その後何度もあった。

あまり続くので気になっていたのだが、何かの折に事件の捜査員が当初の人員と入れ替わっていることを知り、アルバイトの子の母親の証言が忘れ去られている可能性もあるのではないかという話になった。

二人で相談し、全く……念のためだが……デマかもしれないが、と断りを入れてこの一件を捜査本部へメールで送付した。

……続報はまだない。

※これを読んで何か思い出した方は、事件に関する情報提供をお願いします。

若松警察署　捜査本部　電話　０９３‐７７１‐０１１０

メールは、

https://www.police.pref.fukuoka.jp/mailform/j02.html

の福岡県警察のフォームからお願いします。

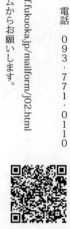

岩波文庫の少年

幽霊を目撃したとか言う自覚はなかったのだが、「顔を見せない存在」と言えば、私は小学生の頃に時々見かけた中学生の少年のことを思い出す。

その頃は、私は中間市に住んでいたのだが、小学生の高学年になると読書欲というものが顕著になって、漫画は貸本屋、活字はなるべく学校の図書室に置いていないような新しいSFとか冒険ものを本屋で漁っていた。

日々、飽きもせずどちらかに通っていたのだが、当時のやたらと本棚の林立した見通しの悪い本屋の店内に、ふと気が付くと学生服の少年が片隅で本を立ち読みしているのであった。

坊主頭に学生帽を被り、詰め襟の学生服姿で、真新しい白い布製の学生鞄を肩から斜めがけしている。

かなり背が高かった。

だが、体格はいいものの、新品だらけの見かけから、中学校の新入生なのだろうと思っていた。

いつも一人で、一心不乱に文庫本を読んでいるようであった。

それも、地方では大して在庫も置いていない厚めの岩波文庫で、パラフィン紙が掛かっているので何を読んでいるのかまでは、最初分からなかったが、小学生には岩波文庫は難しすぎたので、いつかあれも読めるようになってやろう、くらいに思っていた。

ただ、眼鏡は掛けていなかったのだが、とんでもなく顔に近づけて読んでいて、きっと弱視か何かなのだろうな、と内心同情も覚えてそう思っていた。

ある日、自転車でいつものように貸本屋に漫画本を返しに行くと、奥の棚の前にその少年が背中を向けて立っていた。

漫画も好きなんだな、くらいで最初は何とも思わなかったのだが、よく見ると漫画本ではなく、いつものように顔を覆うようにして岩波文庫を広げ、それを読んでいるのであった。

「えっ？　ここで読むの？」と、思った。

この古本屋の店主は、子供にかなり厳しい口うるさい老婆で、普段は立ち読みをしていても大声で叱られるのである。

だが、案に相違して店主は帳場の座布団に座ったまま、黙って煙草を吸っている。

店内の小学生には目を配っていたが、その少年は気にしていないようであった。

ひょっとしたら知り合いなのかもしれないと思い、それはどうでも良くなったのだが、その少年の立っている場所の棚に、私が次に借りたい本が納めてあるのだった。

恐る恐る近づいていき、青々と刈り上げられたその襟足を見上げていると、少年はこちらを振り返りもせずに横にずれて、場所を譲ってくれた。

「すみません」と断って漫画本を取り出したとき、顔は見えなかったのだが少年の持っている本のタイトルが、ちらりと見えた。

――ステロ

そう読めた。

そのときは、さっさと本を借りて帰宅した。現在と違って、その「ステロ」という本がどんなものなのか調べようもなかったので、それはそのまま半分忘れかけることになった。

その後、しばらくの間その少年とは出くわさなかったと思う。

次に、そして最後に出会ったのは、小学校六年の頃、お年玉を握ってプラモデルを買いに行ったときのことだから、雪のちらつく一月初旬のことだった。

学校は冬休みである。

そこは薄暗い古い建物の小商店であったが、プラモやその塗料を取りそろえているのは、町にそこしかなかったので、小遣いの余裕のあったときに時々覗いていた。

例の古本屋の婆さんとは違って、こちらは愛想のいいお婆さんが店番をしていたのだが、店に入るとどうも奥の住居のほうに引っ込んでいるのか、中は人気がなかった。

しかし、そのうち出てくるだろうと思い、堆《うずたか》く積んであるプラモの箱を動かして、何か掘り出し物がないかと私は熱中して探索を始めた。

確か、いろいろ迷った挙げ句にアオシマから出ていた月着陸船と司令船のドッキングしたセットにしようと思ったはずだ。が、買って帰りたいのだが、いつまで経ってもお婆さんが現れない。

店に続いている住居のほうを間口から見通すのだが、カーテンを引いてあるのか、薄暗くて中はよく見えなかった。

それに、どうもそちらにも人気が感じられない。

二階で寝ているのかと思って、

「すみませーん！」と、大声で呼ばわってみたが、返事はなかった。

困って、入り口のガラス戸のほうを見つめていると、トントンと階段を降りてくるような音がした。

やっぱりいたのかと思って振り向くと、間口の向こうの薄暗い廊下を、顔の前に文庫本を翳《かざ》して、学生帽に学生服、そして肩掛けした布製鞄という、全くいつもの格好であの中学生が歩いてきた。

私は唖然としながらも、

「ここの子供だったのか？」と、考えていたが、しかし今まで一度として見かけたことはなかったのだった。

それに、あんな風に目を隠していては、普通すぐに躓《つまず》くに決まっている。

その躊躇《ちゅうちょ》ない足取りに、私は怖気が立った。

また、学校は休みであるはずなのに、きっちりと着た学生服姿が途轍もなく異様に思えた。

それに、顔が見えない。思い返すと一度として見たことがなかった。

そして、とにかく怖くなって、私はその場を逃げ出した。

店の戸を潜るとき、背後で、

「ステロ！」と声がした。

「捨てろ！」だったのか、本のタイトルのことなのか未だに判然とはしないが、町外れに出るまで必死に走ったことを憶えている。

その店には、それから二度と行ってはいない。それに、親から私の中学進学に合わせて転勤することを知らされ、間もなく引っ越してしまったので、その中学生が実在したのかどうか、確かめる機会はなくなってしまった。

……やがて、「ステロ」という本のタイトルを思い出し、調べてみるとアルフレッド・ド・ヴィニーという十九世紀フランスの作家が書いた小説であることが分かった。

所謂ロマン主義者であったようで、「ステロ」を発表したのは一八三二年であった。

内容は、憂鬱に悩まされている病的な詩人ステロが主人公で、彼を診て、その病気の診断と処方を与える「霊魂の医者」ドクトル・ノアールとの対話が主である。

治療法として、ドクトルはそれぞれ違う政治形態の時代の、三人の詩人の不幸な物語を語って聞かせる。

最後に、政治とは無関係に詩的生活を送り、孤独で自由に、自分の運命を生きることを勧める。

そして、青年詩人ステロは、ようやく迷妄から覚めるのであった。

……結局私は、その後ずっとこのドクトル・ノアールの勧めのままに生きてきたような気がして、今では雨宮君の見解のように、あの少年は私にメッセージを告げに来た何か超自然の存在なのではないかと……少し思い始めている。

蛇足だが、この件を話した後、雨宮君が、
「ヴィニーと言えば、怪談マニア向けの名言を残していますよ」と、ニヤニヤしていた。
ヒントはそれだけだったので調べてみたが、多分これだろうと思われるので掲載する。

不幸そのものの観照がわれわれの魂に内的な悦びを与える。しかも、その歓びは不幸を観照することの努力から生ずる。

「詩人の日記」より

見たろうっ！

ドクトル・ノアールで、ふと思い出したのだが、そう言えば雨宮君は近年医療系の怪談を書いているらしかった。そのため、そちらのほうの話は元々いろいろ聞いてはいたのだが、今回何か余り物を提供してくれるのではないかと、実はちょっと期待していた。だが、当然ながら自分の原稿に使ってしまい、こちらへ提供できるようなネタはもう残っていないとのことだった。

出し惜しみしているのではないかとも思ったが、病院に限らず確かに世の中そう簡単に心霊現象なんぞ起きはしないので、正真正銘の本音なのかもしれなかった。

「……それじゃあ、病院怪談みたいなので、福岡県で一番古いのは何だろう？」

と、思い付きで訊いてみた。

「実話怪談で、ということでですよね？」

雨宮君は、少し考え込んで、

「知っている限りでは、多分戦前の、九州帝国大学附属病院の話がありますね」

「へえ」

「『見たろうっ！』っていうタイトルで、確かちゃんと採話されたものです。……何で読んだんだっけ？」

後日メールが来て、「福岡県の民話」という本に載っていたとのこと。

……民話？

そんな本に何で載っているのか興味を持って、図書館で取り寄せてみると、「現代民話」という括りで収録されていた。

「日本児童文学者協会編」とあり、一九七九年の出版である。

採話したのは池速夫さんと記載されており、詳しくは分からないが民話の採集活動をされていた教員の方であったようだ。

怪異専門の蒐集家が現れる以前は、伝承伝説、民話等の採話に紛れて、こういう怪談がたまに引っ掛かったものらしい。

まるで漁網にクジラが入ってきたような感じに思えるが、ちゃんと残しておいてくれたのは有り難いことである。

著作権がまだ有効であるため、そのままの形での掲載はできないのだが、粗筋を紹介しよう。

体験者の「わたし」は、夏休みに九州帝国大学附属病院に入院した友人の看病に泊まりがけで行くことにした。（当時は「付添婦」というのが病人の身の回りの世話をしていたし、病室への宿泊も黙認されていたので不思議ではないとのこと）

「わたし」は、何日も連泊していた。

夏であるので、病室である大部屋の、廊下側の窓は開け放たれていたが、真夜中の決まった時刻に通る患者がいることに「わたし」は気付いた。

いつも、一時間以上なかなか帰ってこないので興味を持ち、とうとう尾行を決心する。

その髪を振り乱した患者は、塀に飛び上がり、線路伝いに走り、墓地にまで行く。

そして、墓を掘り始めた。

病気を治すために、死体を食うとか、腐った死体から出る液体を飲むとか、そういう奇怪な民間伝承の残っていた時代であったが、「わたし」は作り話だと思っていたそれを目の当たりにして、驚きの余り逃げ帰る。

毛布を被って震えていると、男が病室に入ってくる。

寝ている病人を確かめて回っている様子で、とうとう「わたし」の側へ来る。

男は毛布を捲り、

「見たろうっ！」と、言う。

「わたし」は恐怖のために気を失う。

主人公の悲鳴で飛び起きた病室の人々が事情を訊くが、誰もそんな男など見なかったという。夢だったんだろうと。

だが、私は確かに見た……。

と、いう話である。

明治期から昭和初期にかけては、療術とか霊術と呼ばれる民間療法が流行っており、かなり胡散臭い施術や施薬が大真面目に流布されていた。

筆者が好きなものに、心霊光線を発射する法という無茶なものがあるが、そういう精神面を高めまくるような流れとは別に、人体由来の生薬というのも密かにそして執拗に受け継がれていた。

梶井基次郎の小説「のんきな患者」では、結核の薬として「人間の脳味噌の黒焼き」が取り上げられている。その中では寺の和尚さんが、焼き場の死体から脳味噌を取り出して、「これは結核の特効薬だ」と言い出すのだが、実際そんな風な、蒙昧《もうまい》な時代だったのかもしれない。

それでも、死病と呼ばれるものに罹《かか》った人々にとっては、必要この上ないものに化したと思われ、ワラにも縋る思いで手に入れようとしたものであったろう。

……まあ、現在でも同じような事情の事件をたまに聞くので、この「見たろうっ！」という話は、妙に心に残るのである。

「見たろうっ！」を読んでいて、一つ思い出したことがあった。相当昔であるが、県内のある公立病院の看護婦寮が、「幽霊が出てパニックになった」ので閉鎖になったという噂話だった。

病院はまだ存在しているので、場所や名称は控えさせて頂く。

早速、雨宮君を居酒屋に呼び出すと、

「……よく憶えていましたね。と言うか、誰に聞いたんですか？」

と、逆に質問攻めにあってしまった。

誰に聞いたのかまでは憶えていないのだが、本当なら凄いな、と単純に思って記憶の片隅にあったらしい。

元々は、当時の医療関係者の間で出回った噂であるとのこと。

「で、何か知っていることがある？」

「えーと、ですね」と、雨宮君は勿体ぶって、

「そこって、北側が墓場なんですよ。当時は、まだ整理されていない、古色蒼然として雰囲気満点の『ゲゲゲの鬼太郎』に出てくるような様子だったみたいです」

「へえ」

「病院本体の病室からも見えたので……それってまずいでしょう？　それで、目隠しの意味もあって、そこに寮を建てたらしいんですが」

「条件は整っていたと……。それで、出たんだ」

「よく分からないんですよね。あ、ビール下さい」

どうやら、自分は取材される側で、接待される側だと満身でアピールをしているようだった。

「……ここはチューハイも旨いぞ。……で？」

「紙がありますか？」

鞄から大学ノートを取り出して渡すと、ボールペンで簡単な見取り図を書き始めた。

「北側はさっきも言ったように墓場です。でも、東側には何故かテニスコートがあるんですよね」

「……ふーん」

「玄関は西側にあって、入ってすぐホールがあります。右側は用務員室、更に右奥に行くと大浴場。……墓場の反対側ですね」

……看護婦寮の大浴場？　なかなかな絵面になりそうだが、日活映画辺りでもそういうのはなかったなあ。……等とつい考えてしまった。

「墓側には、集会？　……ミーティングの部屋があったようです。実際に寮なのは、二階から……確か四階までで」

……予想より、結構大きいのに驚いた。

「個室が二つ並びにセットになっていて、それが四セット……で、一階分。八人掛けるの三階で、最大二十四人が入居できたようです。各階にトイレと簡単なキッチンがあったようで、個室の間にはセットごとに洗面所が……」

「……いや、ちょっと」

「どうしました？」

「ここは女の園のはずなのに、妙に詳しすぎるんじゃないか？」

「……そこは蛇の道はヘビですよ」

その蛇の道は、一体何の道なのかと思ったが、肝心の心霊現象がまだ出てきていないので、我慢して聞いていた。

「……で、肝心なところですが」

いよいよか、と身を乗り出す。

「この墓場で、よく火の玉が出たという話はあったようです。でも、それくらいのもので、何か大々的にポルターガイスト現象が起きたとか、誰かが何かに取り憑かれたとか、自殺があったとか……そういう事件みたいなことは、全然なかったようです」

……ガックリきた。

「じゃ、何で……？」

「こういう結構な施設だったのに、突然閉鎖されて、瞬く間に解体されてしまったのは本当です。その事情は……いろいろ聞いたんですけど、誰も知らないんですよ」

病院は現在もあるのだが、雨宮君が書いた施設の状態は、三十七年くらい前のものらしい。

「それじゃあ、もう分からないな」

「全然、分かりませんね。刺盛り頼んでいいですか？」

半分自棄《やけ》になって、私もチューハイのお代わりを頼んだ。

「……怪談取材で接待をして空振る。……多いんですよね」

しみじみと、雨宮君は言った。

本木の化け物

前段で民話の話が出たので、どこかほっこりできるような故郷の民話というのとはかなり毛色の違う、福津市本木に伝わる奇怪な妖怪譚を御紹介しようと思う。

これは、延宝八年（一六八〇年）から元禄十二年（一六九九年）に渡って、延々と本木の庄屋宅に悪さを為した「何か」の話である。

安政六年三月に写本されて残っている「筑前国宗像郡本木村化物次第書」というものに詳細な記録があるが、「筑前国宗像郡化物退治図絵」（江戸時代後期）、「本木村化物絵巻（江浦本）」（江戸時代後期）、「本木化物之絵巻」（文化元年）、「本木妖物記」（江戸時代後期）、と絵巻物が量産され、なかなかの人気ぶりである。

また、貝原益軒も「筑前国続風土記」の中で、この一件に触れている。

なお、書名に宗像郡本木村とあるのは、本木地区のある宗像郡福間町と同津屋崎町が合併して二〇〇四年に福津市が発足したからである。

――さて、延宝八年。宗像郡本木村でのことである。

それまでにも、思い返せば村の中で不可解な小事が起こってはいたが、誰も深刻には考えてこなかった。

だが、夏のある日、本木村の庄屋である権右衛門の屋敷で騒動が起こる。（筆者注・名字は許されていたが、この家名は現在も続いているので伏せる）

亥の刻（午後十時）頃になると、妻の姿がこの頃決まって見えなくなることに気付いていた権右衛門が、その夜もどこかへ行っていた妻に詰問した。

「儂の寝ている隙に、どこへ行っている？」

妻のお島は観念したように、泣きながら事の次第を話した。

実は最近、夜が更けると言い寄ってくるものがある。あるときは、美しい若衆姿で、またあるときは山伏の姿で訪ねてくる。

どこから現れるのかは、よく分からない。

勿論、夫のある身であるから拒絶するのだが、言い寄る言葉を聞いていると、まるで術を掛けられたように身体が動かなくなり、暗い床下へ引き込まれて、怖ろしさの余り気を失ってしまうのだと言う。

権右衛門は半信半疑であったが、何者かが侵入した気配は確かにあった。

「よし、正体を確かめてやろう」

親しい者数名を集め、恥ずかしいことであったが事情を打ち明けた。張り番をして、夜が更けるのを待っていたが、いつしか皆一様にぼんやりし始め、亥の刻の時分には皆眠り込んでしまっていた。

床下で叫ぶ妻の悲鳴で、権右衛門は目を覚ました。急いで畳や床板を剥がすと、寝乱れた姿のお島が根太の下で気を失っており、他には何者もいない。

夜が明けて屋敷の周りを調べてみると、庭先から母屋にかけて、点々と何かの足跡が続いているのが見つかった。

人間のものではなく、大形の獣のようであったが、誰もそういう形のものを見たことがなかった。

「……化け物か」

権右衛門は祈祷を行い、陰陽師を呼ぶなどして退散を祈ったが、それでも何者かの侵入は続いているようであった。

その頃、本木村の女房達は懐妊している者が多く、お産が矢継ぎ早にあった。

生まれてきた嬰児《えいじ》は頭は人面であったが身体は獣の毛で覆われており、手はどう見ても動物の前肢の形をしていた。

嬰児は生まれてすぐに死んでしまったが、女房達もお産に力を使い果たしたように、次々と死んでしまうのだった。

男達は唖然とした。村全体が標的にされていたのだ。

もはや、村存亡の危機となり、権右衛門は猟師を雇い、武装した若者を動員して片っ端から狐狸の類いを退治して回った。

だが、あの足跡に合うそれは捕まらず、犬を飼って警戒に当たらせても、怯えて山中へは向かわない有様だった。

諦めかけていた頃、猟師の二人組が山中で正体不明の獣二匹と遭遇する。

銃撃した一発が一匹に命中、銃声で駆けつけてきた権右衛門に対して、それは牙を剥いたが、権右衛門は脇差しで刺し殺した。

とどめに首を切り落とす。

獣は大きな猫のようであったが、狐のようでもあり、普通の女性くらいの体格を持つ、見たこともない不可解なものであった。

そして、本木村は残る一匹の化け物に悩まされ続けて、貞享二年（一六八五年）を迎える。

警戒を解くわけにもいかず、本木村は物々しい様子が続いていた。

時の福岡藩主、黒田光之《くろだみつゆき》にその様子が報告され、城内から鉄砲組の阿部与佐衛と有田伝兵衛が派遣されることになった。

だが、十九日間庄屋の家に泊まり込んだが、化け物の姿を見つけることができずに、無念のまま引き揚げることになってしまった。

藩主はしかし諦めず、八田仁左衛門という御家人が狩猟用に訓練を施した自身の愛犬二頭を、庄屋へ下げ渡した。

犬は山吹と山嵐といい、さすがに尋常の犬とは違って、化け物の庄屋家への侵入がぱたりと止んだようであった。

一度など、狂ったような吠え声があり、行ってみると繋いであった鎖が切れていた。何かに噛みついたような形跡もあり、急いで周囲を探索したが化け物は見つからなかった。


その年の暮れ、雪のちらつく寒い晩であった。

山嵐の吠え声で飛び起きた権右衛門は、槍を持って庭先へ飛び出た。

雪の中で山嵐と、黒っぽいけだものが猛烈に噛み合っている。鎖はとうに切れて、両方とも満身血塗れであった。

化け物のほうを槍で突こうとするが、動きが速すぎて狙いが定まらない。

そして、化け物の首筋に食らいついていた山嵐が、皮が千切れて放り出された隙に、化け物は凄い早さで、山へ向かって退散していった。

……これ以降、奇怪な化け物は村に現れなくなった。


元禄十二年（一六九九年）四月十一日、長雨の後床下に風を入れようと代替わりした庄屋が板を捲ったところ、噛み傷だらけの大きな獣の死体があった。

やはり正体不明であったが、一説には「ママイタチ」というものではないかと言われ、人々はようやく化け物の呪縛から逃れられたことを喜んだ。

この獣の骨は代々庄屋の家に受け継がれたが、文久二年（一八六二年）に、祟りを恐れたその頃の当主が神力大明神として祀り、後に宝塔が建てられた。

現在は合祀が行われているが、獣の骨はその宝塔の下にそのまま眠っているということだ。


「どうだ不気味だろう？」と、雨宮君にこの項の話だけ書いた元原稿を見せてみたが、あまり反応がないというのか、いつものように食いついてこない。

「心霊系じゃないから、興味がない？」

「まあ、これはちゃんと肉体も骨もあるけだものですからねえ。……それに興味がないわけじゃなくて、何だか以前にこういう風な話を読んだような気がして……」

こんなキッカイな話の類話があるのかと期待して待っていると、

「……あ、思い出した！　リチャード・レイモンの〈殺戮《さつりく》の『野獣館』〉だ！」と言う。

「何だそりゃ、洋モノ？」

どうやら「鬼畜ホラー」と呼ばれる類いのものらしく、作者のリチャード・レイモンはその完成原稿を持って、彼方此方《あちこち》の出版社に売り込んだのだが、ほぼ全部から拒否されたという曰く付きのシロモノらしい。

「成人向けカテゴリーの本ではないけれど、倫理的には十八禁ですねえ。文庫で出ていますよ」

「ほほう」

文字だけの一般文庫で十八禁など片腹痛いと思って、その後手に入れて読んでみたが、あに図らんやなかなかの鬼畜外道ぶりであった。

一体どの辺りが、「本木の化け物」と共通しているのか、御興味のある方は一読をお勧めする。

嘉麻の皿屋敷

今度は心霊系の伝承をと思ったのだが、取り上げるものは「あれっ？　福岡県の話だったっけ？」と、思われるような有名譚である。

嘉麻市上臼井に「お菊大明神　皿屋敷跡」という場所がある。元々は個人宅の敷地だったはずだが、現在では見学自由のスポットとして開放されている。

ちゃんとお菊さんが飛び込んだ井戸も現存しているのだが、地元に伝わる話をまずは紹介することにしよう。

嘉麻市上臼井の辺りは、江戸時代には嘉穂郡碓井村であったが、そこの造り酒屋に泉屋という豪商があった。

主人の清左衛門は焼き物の蒐集に凝っており、金に飽かせて様々な名物を買い集めていた。

お菊は泉屋で奉公していたが、清右衛門の後妻と折り合いが悪く、ある酒席の後で、清右衛門が客に披露していた十枚揃いの高麗皿のうち、一枚を隠されてしまう。

皿を蔵に収めようとした清右衛門は、皿が足りないのに気付いて後妻に詰問したが、「皿は、お菊に任せていた」の一点張りであった。

外出していたお菊が帰ってくると、一枚足りないだけで家宝の価値が下がることに狼狽《ろうばい》し、頭に血が上った清右衛門の詮議《せんぎ》が始まった。

「確かに十枚の皿を奥様に渡しました」と話すのだが、後妻は知らぬと言い、お菊は逆上した清右衛門に折檻されてしまう。

思いあまったお菊が、清右衛門の屋敷の裏にある井戸に身を投げたのは、その夜半であった。

無実の罪を被せられた無念からか、三十五日の供養日からお菊の幽霊が現れ始めた。

夜中になると、全身濡れそぼった姿を井戸端に浮かべて、

「一枚、二枚、三枚……」と皿を数え、九枚目を過ぎると哀々としたすすり泣きの声が聞こえるのだった。

お菊は夜毎現れ、百か日の法要を過ぎても現れ続けた。

実はお菊には、結婚を契った相手がいた。

三平という男だった。三平はお菊の幽霊の噂を聞きつけ、菩提《ぼだい》を弔うために四国八十八

カ所を巡り始めた。

お菊の母も同行した。

長い巡礼の旅もどうにか終わり、播磨国の辺りに戻ったとき、お菊の母が旅の疲れからか急死してしまった。

三平は、その供養や寺探しなどに奔走し、路銀も尽きて働き始めた。

いつしかその土地に根付いてしまっていたが、かつての自分と同じく旅先で難儀していたところを助けた縁で、ある娘と夫婦となった。

仲睦まじく暮らしていた、まだ新婚のある日のこと。

近くの寺で法要があり、高僧の法話があると言うことでお参りした。

本堂でそれを並んで聞いていると、段々と外は薄暗くなり、雷鳴が聞こえ始めた。

瞬く間に驟雨《しゅうう》と突風が本堂を揺るがし始め、雷鳴が天井で聞こえるような物凄い暴風雨となった。

本堂にいた人々は、堪らず床に這いつくばり耳を覆った。

だが、意外にもすぐにそれは止んでしまった。

三平が妻の居場所を見ると、妻の着物が綺麗に畳んで残されており、触ってみると中に何かがある。

取り出してみると高麗の皿で、しかも通しの銘から、それはあの泉家清左衛門がなくなったと言っていた、十枚目の皿だと分かった。

……すると、妻はお菊の化身であったのか。

三平は、高僧に事情を話し、皿をその寺に奉納すると、お菊の母の墓の傍に妻の墓を建て、その後もその菩提を弔って暮らしたという。

「幽霊の化身？」と、雨宮君がこの話は知らなかったらしく目を剥いた。

「ここの皿屋敷伝説は、ちょっといろいろぶっ飛んでるんだよ」

「幽霊が更に化けるんですか」

「皿に化けたわけじゃない」

「……いや、違う女に化身するんですか。それが許されるのなら、そこら辺を歩いている人がひょっとしたら幽霊かもしれないわけですよね」

「……まあ、そうなるな」

折角の、ちょっといい話的な結末なのだから、素直にほっこりすればいいのに逆にケチを付けだされて、私は閉口した。

これは、会話の方向性を変えなければならないだろう。

「それとだな」

「何です？」

「この十枚目の皿は、最近まで現存していたらしいんだ」

「へえ」

「……疑っているな」

「飛び込んだ井戸に、何ですか……このパンフレットによると、近くの寺にお菊の墓まであるってんなら、皿があっても全然不思議じゃないですね」

「何で不満そうなんだ」

「十枚目の皿があるのなら、幽霊になった時点で取り出して『あるじゃん！』って、大見得を切ったら良かったんですよ」

「……」

それじゃあ、怪談にならないじゃん。私は更に閉口した。

この皿であるが、他にも、天、下、一、寿、無銘の五枚を保存していた方がおられたとのこと。昭和四十八年の頃に調べた際には、既に紛失されていたようだ。

十枚目の皿も、写真は残っているようだが、現在行方知れずになっているとのことである。

……ネットのオークションに、それらしきモノが出ていたら、ちょっと勘ぐってみるのもいいのかもしれない。

染付菜の花に蝶紋小皿

実は、皿に纏わる怪談を聞いたことがある。

私は飲食店用の食器も調査していたことがあり、例えば歴史のある料亭などでは、それなりに古色のある焼き物を使っていたりする。

見たそれを記事にするためにはある程度の目利きができないと、読者にイメージが届かず、うまく書けないことに気付いて、器の世界を自分なりに勉強したものである。

その関係で嵌まり込み、勢い余って他の骨董の売買にも片足を突っ込んでいた時期があった。

「なんでも鑑定団」というテレビ番組を見ている方には察しが付くだろうが、それは往々にして偽物との戦いであり、時にプロでも大火傷を負うことがある。

話の主は、しかし全くのアマチュアの方であった。

仮に近藤さんとするが、彼が四十代の頃、近所で古物商をしている老人から自宅にある軽トラックを貸してくれないかと頼まれた。

自分のトラックが調子が悪く、結構遠方へ行かなくてはならないので不安だとのこと。

それまで老人との直接の付き合いはなかったのだが、近藤さんの妻とその老人の年の離れた妻とが同い年で仲が良く、双方の家への行き来があるのだった。

車の保険に夫婦限定の規定があったので、まあ短期の保険を掛ける手もあったが、丁度その日は休みだったこともあって、運転して付き合ってみることにした。

その老人の遠出の目的というのが、旧家の蔵出しらしく、話には聞いていたものの実際どんなものなのか少し興味があったのだった。

だが、老人は当日車中になってから、

「いや、蔵出しとは言っても、既に大手が入った後だからあまり期待しないで下さい」

と、申し訳なさそうに言った。

「そうなんですか？」

「残り物に福があるとは言っても、洗いざらい持っていくところもあるからねえ。まあ、何かお零れの小品があれば買うけど、実際には顔繋ぎと、相手先の横の繋がりを紹介してもらうのが主なんですよ」

「へえ」

話を聞きながら思い出していたのは、近藤さんの父が語っていたその老人の店の始まりに関するエピソードだった。

老人も、仮に鈴木さんとしておこう。

朝鮮戦争の終結の頃と言うから、また随分昔だが、ある日、木箱を満載した大型トラックが、老人の店の以前に建っていた民家へ横付けされた。

鈴木家であり、鈴木さんの兄弟は全て戦死し、両親は他所に移り住んでいて、住んでいるのは後に古物商になる鈴木氏だけであった。

彼も帰還兵だったらしい。

近藤さんの父は好意で荷下ろしを手伝ったのだが、一つ一つが非常に重いその木箱の中身は、訊くと全て朝鮮製の焼き物なのだった。

疎開品なのかと思ったが、その辺は荷下ろしをしている誰も教えてくれなかった。

それからしばらくして、噂で聞いたところでは、大量に買い付けたそれが、全て近世の写しだったとのことで、鈴木さんが古物商としての門出に渾身の勝負に出て、しかも大惨敗を喫したことが分かった。

荷を運び込んだその家は、一月ぐらい全く人気を感じさせず、戸も閉め切ってあった。

実際、夜逃げをしたのかもと思っていたが、ある日近藤さんの父が通りかかると、中から寝間着にボサボサ頭のまだ若かった鈴木さんが飛び出してきた。

目はうつろで、声にならない声で「やった、やった」と拳を握る。だが、近藤さんの父に気が付くと、慌ててまた中に引っ込んでしまった。

その後、ちゃんとした店舗ができて、随分経ってから事情を訊いてみたところ、偽物の山の中に、どういうわけか名品が数枚混じっていたとのことで、それで大挽回をしたとのことであった。

本物の疎開品が、偽物の山の中に隠してあったのだろうという結論である。

それほどのヤマっ気のある人物なので、以前から何となく興味はあったのだった。

車は福岡県に入り、某所の山間にある旧家にようやく着いた。

鄙《ひな》びた、いかにも昔は豪農だったという風情で、土蔵も二つあったが、どちらも腰巻きと呼ばれる部分が破損していて、中の漆喰《しっくい》が剥き出しになっている。

扉も開けっ放しで、中は遠目にもガランとしているようだった。

近藤さんは、遠いほうの蔵の入り口に目をやったが、ちらりと中に誰かが見えたような気がした。

「よく分からないんですが、大正の頃くらいの洋装の女性というのか。でも、人物にしては、縮尺がおかしいんですよね。その頃そういうポスターとか看板がレトロ趣味で見直されていたから、それが中にあるのだろうくらいにしか思いませんでした」

……とのこと。

その後、母屋の中に招かれて応接間で主人と鈴木老人の話が始まったが、それは予《あらかじ》め聞かされていた展開と変わらなかった。

ただ、話の終わりに、主人が席を立ち、

「実は奥の蔵の床下からこれが出てきまして」と、戸袋から箱を出してきて言った。

「……新しい誂《あつら》えですが、箱の出来はいいですな。拝見します」

座卓の上で紐をほどき、鈴木老人が目利きを始めた。

急に期待していた状況になったので、近藤さんはその様子を興味津々で眺めた。

中から出てきたのは、薄青い肌地の小皿である。

五枚入っていた。菜の花に蝶が誘われているような文様が染め付けで描かれている。

「古伊万里ですな。……箱書きがありませんが、恐らく江戸前期の作でしょう」

「やはりですな」

「お売りになりますか?」

「お願いします」

一体、幾らになるのだろうと思ったが、それは千円単位の攻防で、意外に地味なものであった。

結果として、三万五千円が買値であった。

鈴木老人が、革鞄から現金を出し、同じくそれから取り出した風呂敷に小皿の箱を包んで、その家を辞去した。

帰りの車中で、

「まあ、こんなもんです」と、鈴木老人は言った。

「蔵は見なかったですね」

「いや、床板を剥がすくらいだから、あの主人がもう徹底的に見ていますよ。お金が必要なんでしょうねえ。……ひょっとしてと思いましたが、トラックじゃなくても、よかったですな」

「で、その小皿ですが……」

ちょっと訊きにくいことを、言ってみたくなった。

「売り値ですか？」

「え？　ええ」

「好きな人なら、五万でも買うかもしれませんね。お客によりますよ」

「なるほど……」

さて、近藤さんはそれで用事が終わって家に帰ったのだが、あの箱から取り出したときに艶めかしく目に映った染め付けの色味が、脳裏にちらついて落ち着かなくなった。今の今まで焼き物の趣味はなかったのだが、ああいう風に鑑賞すると心に残るものらしい。

そう自覚すると、無性にあれが欲しくなってきた。

何しろ、こちらは買値を知っている。幾らヤマっ気のある人物でも、そう吹っ掛けてはこないだろうと考え、それなりの現金を用意した。

翌日、老人の店を訪れると老人は薄く笑って、

「来ましたね」と、言った。

心の内を見透かされたような気がしたが、意外にも三万五千円ポッキリで売ってくれるという。

トラックの足代を差し引いた意味もあったのだろうが、それでは申し訳ないと、四万円を置いてきた。

そして、その晩箱から取り出した小皿を座卓の上に並べてニヤニヤしていると、妻が「初めてそんな様子を見た」と言って、薄気味悪そうにしている。

「嵌まらないで下さいね。うちは、そんな余裕はないですよ」

「……分かってるって」

近藤さんは、そもそもコレクションをする気など毛頭なかった。

時々それを取り出して、晩酌のときになど鑑賞したり、肴を乗せたりして普通に楽しんでいた。

が、そのうち箱から出したときに一枚足りないことが多くなってきた。

「夕べ、使ったっけ？」

どうも、そういうときには決まって記憶が曖昧なのだが、台所に行ってみると他の普段使いの皿に混じって置いてあるので、自分のもの忘れだろうと思って、苦笑いするのが常だった。

そのうち、料理を乗せるのを止めてしまい、きっちり五枚重ねてしまい込むようになったのだが、それでも一枚足りないことが起き始めた。

彼方此方探すと、書斎の机の上に置いてあったり、食器棚にしまってあったりする。

幾ら何でも自分でそんなところに一枚だけ持っていくとも思えないので、妻に訊くと、

「何でそんなことしないといけないの」

と、不機嫌な返事である。

実にもっともだったが、軽トラックのダッシュボードから皿が出てきたときには、相当の期間近藤さんはトラックを使っておらず、かつ前日に妻が使った後だったので、他に考えようもなく、さすがにどういうつもりかと詰問することになった。

だが、「そんなことはしていない」の一点張りで、結婚以来最大の夫婦喧嘩になってしまった。

妻は実家に帰ってしまい、むしろこちらの精神が疑わしいと罵倒されて、

「そうか、そう言われれば、その可能性もあるのか」と、心の内で疑念が芽生えた。

悄然として、一人で晩酌をする。

近藤さんには二人子供がいたが、どちらも県外の大学に行ってしまい、家には今一人である。

客観的に考えると、原因として一番疑わしいのは自分である。

もしかして、全く記憶には残っていないが、自分で自分を騙すような妙な行動を取っているのだろうか？

そんな病気があったかと考え、幾つも厭な候補が浮かんで、不安から段々と自棄酒気味になってきた。

そして、強烈にアルコールが回りだし、ともかく寝ようと思い、敷きっぱなしの寝室の

布団へと潜り込んだ。


夜半、何時か分からないが目が覚めた。

……変な物音がしたような気がしたのだ。

黒板を爪で引っ掻くあの音に似た、厭な感じの……。

じわりと目を開くと、妙に明るい。

違和感を感じて半身を起こすと、隣室との間の襖が開いている。

そちらには明るめの常夜灯があるので、いつも閉めてから寝るのだが、そのときの記憶はなかった。

しかし……ゆっくり思い返すと、確かに後ろ手に閉めて、服を脱いだはずだった。

「……また、記憶の混乱か」

近藤さんは、閉め直そうと思い立ち上がったが、襖の影から誰かが部屋を覗いているのに気付いてぎょっとした。

ずるり、と滑るようにして身体が出てきた。

見知らぬ女だった。

服装は丈の長いスカートを穿いているとしか分からなかったが、頭部はすっぽりと包まれるような独特の帽子を被っている。

表情は逆光で見えない。

しかし、ギュッギュッと癖のように歯ぎしりをしているのが、はっきりと分かった。

「誰だ」

と、言ったつもりだったが、声が出なかった。

女が、

「さ」と言った。

「は？」

「ら」と、続ける。

皿か、と思った。

「かえせ」

そして、女が凄い早さで懐に飛び込んできたと思ったところで、記憶が途切れた。

朝になったときには、靴に顔を突っ込むようにして、玄関口で倒れていた。

どうも、状況から家の中をかなりの時間逃げ回ったらしい。

だが、全く憶えていなかった。

幸い怪我はなかったが、必死で女に物を投げつけたりもしたらしく、台所などは酷い有様だった。

近藤さんは皿のことを思い出し、すぐにそれを持って外へ出ると老人の店に駆け込もうとした。

が、事情を言っても分かってくれるとは思えない。……それに、あの女はどこへ返せと言ったのか？

考えた挙げ句、車を飛ばしてあの旧家へと向かった。

着いてみると、その家は解体の途中らしく、シートに覆われていた。

古民家再生で結構有名な、業者のロゴが入っていた。

「……家の部材も売ったのか」

休みなのか、業者の姿はない。

まだ土蔵は残っていたので、奥の二つ目のほうへ意を決して足を踏み入れた。

やたらと撓《たわ》む床板を踏みしめて進んでいくと、床に四角く切り取られたような大きな穴が開いている。

覗き込むと、一メートル半ほど掘り下げてあり、四角く堅い灰色の床面が見えた。

どうやら、床下にセメントを流し込んで枠を作ったもののようだが、何でそういう風な拵《こしら》えにしてあるのかは見当が付かなかった。

床に伏して手を伸ばすと、何とか持っている物はセメントの床に届きそうだった。

どうにかその中に箱の入った風呂敷包みを納め、近藤さんはまっしぐらに家へと戻った。

……以来、女は現れていない。

清水節堂の幽霊画

近藤家に現れた女が被っていた帽子は、どうやらクロッシェと呼ばれる大正から昭和初期頃に流行ったものらしい。

フランス語で「釣り鐘」を意味し、「耳隠し」という髪型とセットになって巷に広まった。大正モダンガールの代表的な写真で、よく見られるスタイルだ。

これだけファッション性のある幽霊というのも珍しかろうと、家に遊びに来た雨宮君に話したのだが、何故か浮かない顔をして、

「土蔵に、その床下をくり抜いた穴ですか……どうもなあ」と、首を捻っている。

「で、その旧家はなくなっちゃったんですよね？」

「もう、ないそうだ」

「骨董屋さんは？」

「もう、ここで言う鈴木さんは亡くなって、継ぐものもなく廃業」

「近藤さんは？」

「御夫婦で健在だよ」

「……それは良かった」

何だか、もっと強烈に後を引くような怪異だと思っていたかのような言い方である。それを訊くと、

「物に執着している霊というのは、特に霊障に気を付けないといけないそうです」

と、似非《えせ》霊能力者みたいな顔をして、もっともらしいことを言った。

「まあ、何で皿だったのかは、とうとう分からなかったけどな」

「……怪談に理由なんて、求めちゃいけませんよ」

一転して、そう身も蓋もないことを言った後、雨宮君は部屋の隅に積んである、私の集めた掛け軸の箱の山に目をやった。

「また増えてますね。これだけ軸ばっかり集めていると、そのうち『当たり』を引いちゃうんじゃないですか？」

と、妙に真剣な面持ちで言う。

「厭なことを……」

「幽霊画も結構あるんでしょう？」

「あるけど、まあ大したことはないな。……安物だし」

「そう言えば、軸マニアと怪談マニアに共通の、いかれた合い言葉がありましたね」

「『応挙と化け物には、死ぬまでに一度会いたい』……だな」

応挙とは、円山応挙のことで、写生を重視した江戸時代中期の画家である。日本画に新しい視点をもたらした改革者としてつとに有名だが、骨董の世界では先の言葉にもあるように、もし埋もれていた応挙の作に出会えたら正に本望だというくらいのビッグネームなのである。

怪談絡みでは、よく足の描かれていない美人風の幽霊の絵が夏場には紹介されるので、大抵の方は御存じであろう。

応挙の幽霊画には何故か落款《らっかん》が入っていないので、作者不詳の絵をよーく調べてみたら、実は応挙の作だったということが、いつかは起こるかもしれない。だが、そんな野望を打ち砕くくらい大量の偽物が世の中には溢れているので、まず以て出会えることはない。

そういうわけで、先の言葉に戻るわけである。

さて、「当たり」だったのかどうかは分からないが、掛け軸絡みの話を雨宮君が持ち込んできたことがあったので、それを紹介しよう。

二〇〇八年頃の話である。

雨宮君はその頃から結構な数の怪談を書き始めたのだそうで、実話の蒐集にも熱心になっていた。

怪談というものは拾えるときは、結構拾える。

すぐに職場の看護師さんから、おかしな体験をして悩んでいる友人がいるという話を聞き込み、それは渡りに船だとばかりに、一席設けるので直接体験談を聞けないかと頼み込んだのだそうだ。

まあ、八幡駅の駅ナカにあるチェーンの居酒屋であるが、期日を設定して待っていると、看護師さんとその友人だという三十過ぎくらいの青年が連れ立ってやってきた。

二人は同年代くらいである。

早速挨拶し、予約しておいた個室で酒を勧めながら話を聞く。

目的は無論怪談なのだが、迂闊《うかつ》に軽口のまま話を盛り上げてしまうと、その怪談に体験者の不幸事が関連したりしていた場合に、後で非常に気まずいことになる。

なので、手順としては世間話から入るのだが、いきなりその青年が自分はトランスジェンダーだと告白してきて、ペースが狂った。

「あれっ？　オカマちゃんじゃなかったの？」と、看護師さん。

「そんな時期もありましたね」

青年は平然とビールを飲んで、刺身を摘まんでいる。

今は小倉の飲食関係で働いているとは事前に聞いてはいたが、そっち関係か、ならあの界隈だなと雨宮君が思っていると、

「僕には姉がいまして」

と、いつの間にか本題に入ったらしく、青年は訥々《とつとつ》と話し始めた。

「十年前になるんですが、姉が大学の卒業記念に友人と旅行しようということになりまして、三人連れで京都に行ったんです。で、一日目はお決まりのコースだったんですが、二日目は気まぐれで回ろうということになり、姉がタクシーの中で『庭が綺麗なところが見たい』と言ったらしいんですね。すると、タクシーの運転手さんが『今の時期なら、曼殊院《まんしゅいん》がいいかも』と勧めたんだそうです」

雨宮君は、曼殊院門跡は知っていた。

天台五門跡の一つで、京都市左京区にある由緒ある寺院である。

その卒業旅行が五月のゴールデンウィークでの出来事なら、丁度庭園に植えられた名物の霧島ツツジの花が咲いて見頃であり、話は合致していた。

だが、曼殊院門跡には結構有名な怪談話があることも既に知っているのだった。

「で、そこに行くことになって、実際庭がとても綺麗だったので皆とても喜んだんですが、

大書院とか小書院とかいうメインの建物の中を巡っていると、最後の辺りに何故か幽霊の掛け軸が吊してあったんだそうです」

ああ、やっぱりそれか、と雨宮君はがっかりした。

実は、ここの幽霊掛け軸はかなり有名で、この少し前からネットなどでもちらほら祟りや異変があったとする噂が出ていたのだ。

その噂を、自身の体験として語るだけじゃないのか？

またもや、「怪談取材で接待をして空振る」のかと思っていると、青年は携帯電話の画像を検索して、

「これが、そのときの掛け軸の写真です」と、それを差し出した。

「……あれっ？」

雨宮君は、問題となっているその幽霊掛け軸の実物や画像を見たことはなかったのだが、意外にもその掛け軸の画像には見覚えがあった。

「これが掛かっていたんですか？」

「ええ」

「でも、これって、かなり有名な絵じゃないかなあ？」

美術品に無縁な自分が知ってるくらいだから……。

……でも、どこで見たんだっけ？

「これは、姉が撮ったものですが。これが有名な絵なのかどうかは分かりません。……その姉なんですが二十八のときに脳出血で倒れたんです。言語野に障害が残ったようで……リハビリ中です」

「……それはお気の毒に」

「姉が旅行から帰ってきた時期から、家では変なことがあったんですよね。両親と姉、私と弟が五人で同居していたんですが、まずダイニングキッチンで全員で食事をしているとき、磨りガラスのスクリーンがあるんですが、誰かが度々その向こうを通るんです」

「……」

「影みたいなのが、ちらりとしか見えないんですが、全員がそれには気付いていたようです」

「追いかけたりは？」

「追おうにも、すぐに消えちゃうんです。ガラスの面にしか映らない感じです。……で、そのうち弟が変なことを言い出して……」

「ほう」

なかなか具体的な話なので、雨宮君は興味を持って聞いていた。だが、基本的には、よくある感じの流れだという印象だった。

「天井裏に誰かいるんじゃないかと。夜中に自分の部屋で気配を感じるんだと、そう言うんです。……気味が悪いと」

家は新しいので、古い日本家屋みたいな広い天井裏というものはない。弟の部屋のある一階だと、殆ど天井の裏は隙間並みの空間だと説明が続いた。

「それで、ある日なんですが、真夜中に弟の部屋から物凄い悲鳴がして、駆けつけてみると、弟が天井を指差して腰を抜かしているんです。顎を外しそうなくらい驚愕した表情をして」

「……怖い」

看護師さんが、両手で自分の肩を抱きしめた。

「指差すほうを見ると、家では弟の部屋にしかない天井の点検口が開いて、蓋が垂れていました。『何か見たのか？』と訊いたんですが、弟は首を振るばかりで何も言いません」

「言わない？」

「ええ、今でもそのとき何を見たのかは絶対白状しません」

「……」

青年が話し上手だったせいもあってか、その後三人ともしばらく口を噤《つぐ》んでしまった。

しかし、取材であるし、訊くべきことは訊かねばならない。

「あなたご自身には、何かなかったんですか？」

「いや、それは話したくありません」

急に拒否が来た。しかし、それは暗に最初に青年が話していたトランスジェンダー云々が絡んでくるような気がして、雨宮君はそれ以上質問をする気が削がれてしまった。

「家族同士で不和も続いているんですよね。どこかお祓いできるようなところを知りませんか？」

その質問の後、雨宮君は意識して世間話へと話題を持っていった。

今日のところは、こんなものだろうと……。

「まあ、もう少し飲んでいって下さい。今日は、本当にありがとうございます」


さて、散々飲んだ後、家に帰った雨宮君は、どこであの画像の絵を見たのか頭を悩ますことになった。

この時点では、ネット上には、まだその掛け軸の画像の掲載はなかったようだ。

見たとすれば、絵が掲載できるような大型本くらいであろう。

本棚の中を探っていくと、学研の「幽霊の本　血と怨念が渦巻く妖奇と因縁の事件簿」

という、おどろおどろしい名前のムック本が出てきた。

「これだ」

カラーページを開くと、正にあの画像と同一の絵が紹介されていた。

幽鬼が、軸の表具から浮き出てくるような独特の描き方。改めてまじまじと見ると、同じく紹介されている他の絵を圧倒するほどの大迫力である。

……しかし、説明書きは「節堂画・曼殊院所蔵・江戸末期の作と推定」とだけしかなく、それがどういう謂われのものであるのか、一切の情報は分からなかった。

「節堂」の落款は判別できるものの、彼はこの本の出版された時点では、完全に忘れ去られた人物であったのである。

それから数日後、驚いたことに新聞の片隅に（ネットニュースだったかもしれないとのこと）、この絵のことが掲載されており、研究者により作者が判明したと記事にあった。

滋賀県長浜市出身の日本画家、清水節堂だとのこと。

生没年は一八七六年から一九五一年。江戸時代どころか、結構最近の人である。

なのに、何故そんなに情報がなかったのだろうか？

そして、雨宮君は気付いてしまった。

「……あ、そうだ。掛け軸なら、丁度いい人がいるじゃないか」

……と、いうわけで私にお鉢が回ってきた。

凄いタイミングの新聞記事で謎がブレイクスルーするというのは、私にも体験があるのだが、何というのか、そういうのは「本物」を引いたときに起こりやすい気がしていた。なので、採話してきたという曼殊院訪問以降の話も相まって、この件には何だか最初から気乗りがしないでいた。

「でも、ネットで見かける曼殊院の幽霊掛け軸絡みの怪談は、基本あんな感じですよ」

「じゃあ、捏造だと？」

「……分からないんですよねえ」

「お姉さんの病気の件は本当なのか？」

「そのことは、一緒にいた看護師さんにも相談していたそうです。まあ、今のところグレーということで、清水節堂のことに行きましょう」

「……それなんだが、いろいろ当たったが、この人物さっぱり資料が見当たらないぞ。……まあ、皆無ではないから幾つかだけ。まず、清水節堂は、地元で中川耕斎という日本画家に師事している。そして、めでたく一八九七年に画家の登竜門である東京美術学校に入学しているが、一年くらいで退学しているな」

「ほう、画家の卵としては、それは厳しいな。何か不始末でもやらかしたんですか？」

「いや、単純に金がなかった。……貧乏だったんだな。だが、筋が良かったのか教官がその後も私的に絵の指導をしていたようだ。……この貧困はずっと付いて回るようで、節堂の絵というのは、殆どが注文をされてから描くといった感じだったらしい」

「へえ」

「ところで、この教官というのが橋本雅邦《がほう》らしいんだ」

「誰です？」

「下村観山、横山大観、西郷孤月、川合玉堂、寺崎広業、橋本静水、菱田春草という、出会えたら何度でも死ねる画家達を指導した大先生だ」

「……有名どころばっかりじゃないですか」

「あと、小倉南区に神道系の宗教法人があるんだが」

「ああ、S教ですね」

「ここの広島支部にいた記録がある」

「……なら、思想的には古神道の人なんですか」

「後々、公家に認められたらしく……何というのか、出世していくんだが、例の注文絵をずっと続けていくうちに、『一筆龍』という描法を得意としだした」

「一筆で書くんですか？」

「筆先への力の伝え方の強弱で、龍の鱗とか体幹が表現できるんだな。これが徐々に評判となっていったらしい。元々は火災除けの呪《まじな》い絵なのだけど、時期的にほら、日本は戦争の時代だ」

「……ああ、弾除けの呪い」

「そういうことで、軍人やその家族からも引っ張りだこになった。これは資料の確認がまだなんだけど、昭和十年に満州国皇帝の愛新覚羅溥儀《あいしんかくらふぎ》が国賓として来日した際、昭和天皇同席の上で一筆龍を描くところを披露したんだそうだ」

「……大出世じゃないですか」

「このときで、清水節堂は六十前くらいだな」

「でも、日本は戦争に負けるじゃないですか。……どうなったんだろう」

「それについてなんだが、清水節堂のいた広島市のS教支部な」

「……ああ、そうか。原爆が」

「広島市東部の段原地区にあったんだが、ここは比治山《ひじやま》という小さい山の影になっていて、被害が軽減されているんだ。爆風被害は無論あったが、爆心地からたった二・二キロということを考えると、直接被爆を免れたことは奇蹟に近い。……何か思わないか」

「……弾除けの呪い……。弾……なのか？」

「節堂の絵というのは、一筆龍もそうなんだが、他に確認されているものも、殆ど全てが……縁起のいい吉祥画なんだよ。唯一の例外っぽいのが、あの幽霊画だな。……どうも、あの幽霊画は戦後の最晩年に描いたように思えるし、他の絵と違って、節堂の意思を感じるんだよな。……あれは、ひょっとして原爆の熱線を曲げちまったかもしれないほどの呪い絵の名手が描いた、呪い絵中の呪い絵なのかもしれないぞ」

「……そんな大袈裟な」

「分かっているのは以上だ。……そしてだが、俺はこれ以上深入りする気はない」

と、私は高らかに宣言した。


清水節堂の活動の痕跡は九州から遠いこともあって、雨宮君の話を聞いた竹書房の関係者によって（無論怪談関係者だが）、その後追加取材が行われている。

S教のほうでは、戦前など当時のことは記録も残っておらず、もはや詳細は分からないとのこと。

S教は戦後の宗教改革の際に、幾つかの支部が新教派を立ち上げたりして分派しており、その影響もあるのだろう。

掛け軸そのものは、滋賀県米原市清滝にある清瀧寺徳源院《せいりゅうじとくげんいん》に保管されていた物で、来歴は元々は個人蔵だったということだけが伝わっている。

曼殊院に一時期あったのは、徳源院の先代住職が曼殊院の住職をしている時期に、これを持参し披露していたとのこと。

このようにいろいろ興味深い話は集積しているのだが、全体として纏まりに薄く、この時点ではこの掛け軸の話は記事にならなかった。

だが、一応ビデオでの取材も行っておこうという話になったようで、徳源院に保管されている掛け軸の様子が、竹書房から発売されている「北野誠のおまえら行くな。２　～突撃編～」というＤＶＤに収録されている。

前後の脈絡なく、ぽつんとこの映像があったのは、こういう理由であった。

……確かこの一件の翌年のこと。

兵庫県立美術館の「だまし絵　アルチンボルトからマグリット、ダリ、エッシャーへ」展というのに行ったのだが、お目当てのエッシャーの版画を探しているときに、思いがけず、件の幽霊掛け軸の実物に遭遇してしまい我が目を疑うことになった。

絶縁宣言をしたはずなのに、こういう物とはこういう具合に関わることになるのである。節堂のこの幽霊画は、「描き表具」又は「絵表具」と言って掛け軸に本来施されるはずの表具が本紙と同じ材料にされ、一体として全て肉筆で描かれている。なので結果として、表具の手前に幽霊が立ち現れ、飛び出して見えることになるのである。

３Ｄの走りと言えないこともない。

なので「だまし絵」なのだが、この美術展のキャッチコピーが「我が目を疑え」だったのも、考えるだに小憎らしく、展示するのならちゃんとタイトルに清水節堂の名前を入れるべきだと、いろいろ腹立たしく今でも思うのである。

あるコレクション

最近、思うところあって断捨離をしたので、前段に出てきた数十あった軸の殆どは手放してしまった。

もう手元にあるのは、数点の山水画だけである。

それも特に価値のあるものではなく、単純に絵柄が気に入っているもので、折々に眺めて楽しんでいるが、これくらいの関わりが、こういうものの嗜みとしては正解なのかもしれない。

器の類いも纏めて知り合いの開店祝いに譲ったりしていたら、すっきりとなくなってしまった。

コレクターの次から次へと渉猟する心理というものは、私も一時期のめり込んでいた同類であるので、全然批判するつもりはない。が、どんなジャンルのものであっても絶対にキリがないので、己を見失わずに常に自制を心がけることが肝要であろうと思う。

……まあ、自由になるカネを持たないことが、結局一番効果があるのだが。

雨宮君は、多趣味であるからかコレクターの心理はよく分からないと言う。ただ、コレクターには怪談持ちが多いので、何人かその手の人達と関わったことがあるらしい。

「印象に残っているのは、人形のコレクターですかねえ」

「怪談絡みでは定番だな……。やっぱり日本人形？」

「福岡市の、高級マンションに住んでいる老婦人でしたけどね。日本人形……正確には市松人形のコレクターでした。更に正確に言えば、人形よりもその着物を作るのを趣味にされていたようですね」

「……元々、あれは着せ替え人形だからなあ」

「で、昭和初期の人形とか十数点くらいあったんですが、孫が何かのお祝いでネットオークションで落札して送ってくれた人形が、凄く気味が悪いので見てくれと言うんです」

「髪が伸びるとか？」

「あれは、まず伸びないですね。本当に伸びると、毛髪ビジネスの企業が高値で買い取ってくれるという都市伝説がありますが、そういうことではなくて、市松人形にしか見えないんだけれど、どうも市松人形ではないのではないかという話でした」

「へえ」

そんなものがあったっけ？　と、思いを巡らせる。

「あっ」

あれなんじゃないか？

「……御存じでしたか」

「でも、そんなものオークションで出回るのか？」

「出ちゃったらしいんですよ」

結論を言ってしまえば、それは「誉《ほま》れ人形」と言うもので、一番分かりやすいのは神風特攻隊員が死出の出陣の際に、並んで人形を抱いている写真を御覧になられた方もおられるかと思うが……その人形なのである。

当時の女学生から送られたマスコット人形を持っている隊員もいたが（これは国策の宣伝であった）全く軍隊の雰囲気にそぐわないこの人形は、家族……主として母親が着物を縫い、息子へ送った最後の餞《はなむけ》なのだが、実は……独身で死んでいく隊員達の花嫁でもあるのである。

瞑婚。

この世で結ばれることのなかった、誰かの代わり。知り合えることのなかった未知の伴侶の代理として、特攻機に一緒に乗り込んだ……はずのものであった。

やりきれない話だが、これはこの際置いておく。

「で、どんなものだった？」

その存在は知っていても、実物など全く見たことがないので好奇心が疼《うず》いた。

「どんな経緯で、それが残っていたのかは不明ですが……顔は昭和初期の市松人形の面差しで、とても出来のいいものでしたよ。着物は、やはりお手製ですね。絹地で、布《きれ》にする前は、相当いい仕立てだったんじゃないかなあ。人形用に作り直しても、しっかりしていました」

「それだと市松人形そのままな気がするな」

「そこで、脱がしてみました」

私は、目を剥いた。

「何だって？」

「だって、あれは着せ替え人形だし」

「凄く罰当たりな気がするが……。そもそも何か怪奇現象でもあったから、その老婦人が気が付いたんだろう？　そんなものを……」

「まあ、視線が動くんだそうですが、他の人形より振れ幅が大きいんだそうで」

「……他のも動くのか」

保存状態は良いが、さすがに経年の劣化が見える着物を慎重に脱がせると、桐材の胴体が現れた。軽量化のためか腹の辺りに大きく丸い穴が開いており、その上から薄茶の紙がのり付けされている。

通常、その紙には人形の作者名が書いてあるのだが、軍関係の検印が押してあったそうだ。

「それじゃあ官給品なのか？　……いや、聞いた話じゃあ、家族が高額なカネを出して人形店に制作してもらったとか、そんなだったぞ」

「宣伝のために作ったんじゃないですかね？　写真が一杯残っているし……お金持ちの子息ばかりじゃなかったでしょうから」

後になって、他にも「ほまれ人形」という自由人形が存在していることが分かった。これは実用新案を標榜・表示しており、民生品のようだとのこと。

実際には、このようなものが混在して兵士の手に渡っていたらしい。

「それで、その人形はどうなったんだ？」

「『ああ、それなら大事にしなければいけませんね』と言われて、今でもそのまま置かれていますね」

「理解のある人でよかったな」

人形にとっても、幸せなことだろう。

……が、書きたくはないのだが、つい書いてしまうことにするが、ネットで民生品のほうの「ほまれ人形」の画像を見つけて、確かに腹の辺りに穴が開いているのを確認した。

ふと、疑念が湧いた。

……この穴は何なのだ？

……まさか。


この人形については、これ以上触れたくなかったのだが、一月ほどしてようやく「ほまれ人形」のイメージが薄れかけたところへ、雨宮君から連絡が来た。

「この間の人形の件ですが」

「……あ、ああ」

「追加情報から。……聞いてます？」

「……聞いているとも」

「やっぱり、あの人形の髪の毛が気になったので、顕微鏡を貸してもらって調べてみたんですが、細い女性の人毛でした。当時としては普通なんでしょうが、恐らく身内の……母親のものではないですかねえ」

それは、耳にした「誉れ人形」一般に関する情報の内だったので驚かなかった。

「それと、『誉れ人形』にはよく護符が忍ばせてあるんだそうですが、私が見たときには何もなかったんですよ。で、持ち主がたまたま着物を解いてみたんだそうで、中からそれが出てきたと連絡がありました」

「ふーん」

「何が出てきたと思います？」

「勿体ぶらずに早く言え」

「ぼろぼろになっていたそうですが……和紙に描かれた、『一筆龍』だったそうです」

「……」

祟りの木と最高に怪奇なコレクション

福岡県嘉麻市の馬見山に源流を持つ一級河川、遠賀川は筑豊地方から北九州市方面に流れ、長さは六十一キロメートルに及ぶ。流域には七市十四町一村が存在する。

その堤防上には道路が整備されており、川が蛇行していない部分では、福岡県では珍しい直線のルートが続く。

よくテレビで空飛ぶ円盤――ＵＦＯの特番をやっていた頃のことである。

確か直方市にラーメンを食べに行った帰りだったと思うが、遠賀川の西岸側の道路を北九州市方面に向けて走っていた。

夜の十時頃だった。

その頃はクーペタイプの日産サニーに乗っていたが、車は快調で対向車もなく当時は信号も少なかったから、ハンドル操作もない単調な時間が不意にやってきた。

だが、自覚的には眠気はない。

ふと、前方の上空に星が瞬いているのが見え、

「火星？　金星？　やけに明るいな」

と、思ったのだが、その瞬間その星くらいだった大きさのものが急に馬鹿でかくなり、車の上を通り過ぎていった。

「うわっ！　ＵＦＯ？」

……だと、てっきり思ったのだが堤防から降りて周囲を見渡しても、全く異常はない。

発光する何かの飛んでくる様子が生々しかったので、この体験は何なのだと頭を悩ましたのだが、どうやらアメリカの砂漠などでドライバーが陥り、ＵＦＯに遭遇したと思い込む「ハイウェイ催眠現象」と同じものではないかと考えるようになった。

結局、自分の脳が半覚醒状態になっているわけだが、全く自覚できないので体験上注意を喚起しておきたい。

最近は日本でも「高速道路催眠現象」の名で知られてきているようで、居眠り防止のため新規の道路には、なるべくルートを単調にしないように、設計に工夫が凝らされているそうだ。

また、ＵＦＯではなく「幽霊」の形でも現れるそうなので、高速道路上で幽霊を目撃したら、幽霊なんかより即、自分の居眠りを心配することをお勧めする。

「それじゃあ、全ての運転中の幽霊目撃譚がバッサリになっちゃいますね」

「どうなんだろうな」

私と雨宮君は、私のパジェロに乗り合わせて北九州市八幡西区の木屋瀬にある扇天満宮に来ていた。

先ほどの話で私が走っていた道路の川向こうにある小神社だが、立派な鳥居はあるものの社務所はなく、コンクリート作りの本殿があるが、全体が殆ど公園のようになっている。立木が多く、特に道路沿いに三本並んでいる楠は樹齢百年とも言われ、実に風格があった。

「来ましたよ」

実は、待ち合わせの相手がいた。雨宮君の知り合いだという……仮に菅原さんとしておくが、三十歳くらいの颯爽《さっそう》とした男性だった。

高級そうなロードレーサーに乗って現れ、サイクルジャージに黒いグローブをはめている。

「初めまして」

「どうも、菱井です」

挨拶を交わしたところまでは普通だったが、後になって段々と正体を現していくことになる。

「大銀杏は御覧になりましたか？」

「ああ、来るときに車中から。……まあ、以前から通るときに見てはいたんですが、あれがそうだったんですね」

扇天満宮の大銀杏は、全国に散見される「伐ろうとすると祟られる木」の謂わば福岡県代表である。

元々、扇天満宮は大銀杏と同じ場所にあったが、遠賀川堤防の整備事業のため、少し離れた現在の場所に移された。

二株の大銀杏は、堤防の真上に生えていたため、神木ではあったが通行上も不都合すぎ、ついに伐採されることになった。

根も抜かねばならず重機を入れたのだが、何もしないうちに事故が起こり、それは堤防の下に転落してしまった。

伐採業者にも不幸事が相次ぎ、とうとう請け負うところがなくなり、今でも対面二車線の狭い道路の真ん中に、この大銀杏は悠々と枝を巡らせている。

だが、今回の用事はこのことではない。

「メールを頂きましたけど、また夢を見たそうで」

「三年ぶりかなあ。カラーでした。今回は、よく憶えていますよ」

……何でまた他人の夢をわざわざ聞きに行ったのかというと、こんな訳がある。

軸とか人形とかコレクション絡みの怪談を纏めていたとき、ふと「最高に怪奇なコレクション」とは何だろう、という考えが湧いた。

「人間の皮膚で装丁した本を、集めている人の話は聞いたことがあるな」

私がそう言うと、

「それは悪趣味なだけで、怪奇じゃないような」と、雨宮君から速攻で駄目出しを食らった。

「怪奇趣味の人は意外と多いですよ。曰く付きの絵だとか、曰く付きのレコードとか集めている人は実は結構いるんです」

「何で分かるんだ？」

「ネットのオークションを監視していると、あっという間に掠われちゃいますからね。幽霊掛け軸なんて、特に激しいです」

「そうなのか」

「それに、『最高に怪奇』なんだから、唯一無二くらいのものじゃないと駄目な気がします。……高価というのとも、何かが違うんだよなあ」

価値基準がよく分からないが、こんな話題を振ってしまった私が悪いので、黙って聞いていた。

すると、「……やっぱり、あれかなあ」と、何かを知っている口ぶりである。

「何だ？　吐けよ」

「……うーん、実は『座敷牢』のコレクションが、あったらしいんですよ」

「何だって？」

これは聞き込んだ話で、未だに資料を発見していないので詳細は不明なのだが、九州大学精神科教室の某教授？（役職も不明とのこと）が、座敷牢を幾つか持っていたらしいとのこと。

「……けれど、座敷牢を所持するって、一体どういうことなんだ？」

「順を追って話しますね」

明治時代の初期に於いて、精神障害者に関する法規というものは全く整備されておらず、いろいろ事件事故は起こっていたが、政府は全て都道府県任せで、全国で統一された規則というのもなかった。

しかし外国からの指摘も相次ぎ、近代国家を疑問視されるのを恐れて、一九〇〇年に「精神病者監護法」が制定されることになった。

「看護法？」

「いやいや、字が違います。この法律では監護義務者を定めて、この義務者がお役所の許可を受けると、精神障害者を私宅又は病院に監置、つまり閉じ込めておくことができるという、今の感覚ではトンデモな法律だったんですよ」

「それで座敷牢か……」

「有名な東京帝国大学医科大学教授の呉秀三が、一九一〇年から六年間、調査チームを組んで全国……と言っても一部ですが、実態を見て回りました。三百以上の私宅監置室を調べ、そのうち、百五例を纏めて『精神病者私宅監置ノ實況及ビ其統計的觀察』という論文にしました。……まあ、今でもこれだけ怒りに満ちた論文というのは類例がないんじゃないかと言われていますが、つまりは物凄く悲惨だったわけです」

「それで廃止されたのか」

「これが、何と戦後の精神衛生法の施行まで続いてしまうんですよ。その施行が一九五〇年ですから、丸半世紀もの間、座敷牢が日本全国に普通にあったわけです」

「……」

その精神衛生法の施行に伴って私宅監置が禁止され、ようやく数が揃ってきた精神科病院へと患者が収容されるようになった。が、私宅監置自体を周囲に秘密にしていた家庭があったりして、家族の協力が得られないことが多かった。そのため、移行期には関係者の相応の努力が必要だった。

「それに尽力したのが、例の九州大学の先生だったらしいんですが、主に県内を回って患者の収容活動を行っていたんだそうです」

「凄い人格者じゃないか」

「で、殆どの監置室というのは不潔な掘っ立て小屋なんですが、福岡県の採炭地域は……ほら、この頃最盛期で景気が良かったんですよね」

「ふむ？」

「なので、どこで作られたのか不明ですが、材に贅《ぜい》を凝らした組み立て式の、実に美しい鳥籠みたいな座敷牢があったんだそうです」

「鳥籠？　組み立て式？」

想像してみたが、それを収容するには相当大きな部屋が必要なのではないか？

……多分、財力のある名家であろう。

……洋風のお屋敷の調度の中に、巨大な鳥籠が置かれている。

「何となく、美しい少女が入っている絵面を想像してしまうな」

私が、つい迂闊なことを言うと、

「ですよねえ」と、雨宮君は薄気味悪く笑みを浮かべた。

「その座敷牢は、同じ職人の作なのか他のところでも見つかりました。先生は廃棄させるのが勿体なくて、頼み込んでそれぞれを分解して持ち帰ったんだそうです」

「……で？」

「これから先が分からないんですよ。それが誰で、その座敷牢がどうなったのか」

元々のこの話をしてくれた人物は既に亡くなっているとのことで、一九五〇年当時のことであれば、もはや文献を探すしかないのであるが、記録に残りそうな話でもないので、それはまだ発見されていないそうだ。

ただ、手掛かりとしては……。

「その座敷牢には、名前が付いていたそうです」

「名前？」

「鳥類の和名なんだそうですが、具体的には情報提供者も憶えていなかったですね」

「やはり、鳥籠を意識していたんだな」

「……それとですね。この座敷牢、仮に現存しているとすれば分解されていると思うんですが……何というのか、それに関する夢を見るんですよ」

「夢……」

夢と言うだけで、一気に話としては胡散臭くなる。どう描写してもそうなるので、あっさり書くが、要するに雨宮君が夢の中でアニメの「千と千尋の神隠し」に出てくるような、商品は豊富にあるが無人の市場の中を彷徨《さまよ》っていると、とても大きな魚屋があって、ふとその横の路地を見ると「座敷牢が封印されている一角」がある、というものだった。

そこは元々商店のあったようなスペースだったが、鉄道の枕木と鎹《かすがい》で厳重に封印されており、その上からコールタールのようなものがべっとりと塗りつけられ、完全に密封されていた。

だが、中に座敷牢が収納されていると強く直感するのだそうだ。

座敷牢自体が、何か話しかけてきているような気もしたという。

「夢《ドリーム》……夢《ドリーム》による対話《コミュニケーション》……夢《ドリーム》による予言《プロフェシィ》……いいですね」

こちらの説明を聞いていた菅原さんが、不意にそう言った。

「何？」

「英国心霊協会辺りじゃ、そう分類するんですよ」

この菅原さんはオカルトの人なのだそうで、雨宮君のような怪談マニアとは一線を画するらしい。

一体何が違うのか、私にはさっぱり分からないが、本人達が「違う」と言うのだから仕方がないのである。

菅原さんは、心理学が専門らしいのだが、少年期から夢に興味を持って、ずっと「夢日記」を記していたのだそうだ。

その中での傑作選というのか、奇怪な夢の類いを纏めて、PDFにして仲間内に配布したことがあったらしい。それを、面白いと勧められてたまたま雨宮君が入手したのだが、ある部分を読んで雨宮君は驚いた。

――無人の市場の中の魚屋の角を曲がると、枕木と鎹で間口を封印された店があり、黒い塗料が分厚く塗られて密閉されていた。……中に、少女がいるような気がして呼びかけてみると、「自分は『○○』だ」と、返事があったが、その名前は憶えていない――。

PDFにメールアドレスが記してあったので、早速連絡し、それ以後時々情報のやりとりをしているとのことだった。

ただ、同じ夢を見たという内容で、座敷牢のことは伝えていなかったとのこと。

それももう数年前のことらしかったが、今回新規に「封印された店」の夢の続きを見たのだそうだ。

メールでは、細かいところが伝えにくいということと、たまたまその日は全員が木屋瀬辺りにいるということで、会うことになったのだった。

ベンチに腰を下ろして、吹きっさらしの中での奇怪な会話が始まった。

「今回の夢は、同じように魚屋を見つけて、路地に入るんですが、前回の夢の続きだと自覚できていました」

「へえ」

「夢だと分かっている夢……殆ど見たことがないなあ」

「明晰《めいせき》夢って奴ですかね」と、雨宮君。

「そこまでの自由度はなかったですね。で、真っ黒な間口の前に立つと、中から『私はヒシクイ』と、か細い声がしました。女の子の声だったと思います」

「ヒシクイ？」

「確か、鳥の名前ですね」嬉しそうに雨宮君が言う。スマホを操作して、

「これだな。『鴻《おおとり》』とも書くようですが、大形の鳥一般も指すようです。ヒシクイは『菱喰』で、ガンの仲間ですね」

「菱喰？」

「そう言えば今度のペンネームと被ってますね。……喰われるのかな？」

「やめろ」

「で、女の子の声は『私は、まだいます』と言います。……憶えているのはそれだけです」

「まだ、いるんだ」

「まだ、いるんですねえ」

こうして、いい大人三人がよりにもよって座敷牢を擬人化して思いを馳せ、その後夜に再集合して居酒屋で痛飲し、一日を終えた。


結局、未だにこの件はペンディングされており、雨宮君の調査は継続中なのだが、もし何か御存じの方があれば、彼のツイッターアカウントにでもメッセージを送って頂ければと思う。


「でも、菱井さんは気を付けないといけないですよ」

と、雨宮君が急に厭なことを言い出した。

「え、何でだ?」

「前に、旧家から出たという皿の怪談を教えてもらったじゃないですか」

「……ああ、『染付菜の花に蝶紋小皿』だな」

「その旧家の蔵の床に、穴があったって言ってましたよね」

「……四角い、謎の穴だな」

「……それって、私宅監置室の跡なんじゃないですかねえ？　皿を取り返しに来たんでしょう？　その女の幽霊」

「……」

「座敷牢なんて、幽霊が染みついていそうなものナンバーワンですよ。出張ってくるくらいのことは、やっちゃいそうな気がしますし、なんせ『菱喰』というのがもう、祟られ……」

「やめろ」

封じ込められた首

扇天満宮の大銀杏は対面二車線の狭い道路を曲げてしまったが、福岡県には怪奇な原因で国道を曲げてしまった事例がある。

飯塚市の旧筑穂町の部分を通る国道二百号線がそれで、昭和三十二年に国道を整備する際、予定のルートでは「虎御前の墓」と伝承される古址の真上を通ることになっていた。

当時の住民が、それに当たりこの墓の移転を協議していたが、これに出席していた老婆に突然件の虎御前が憑依し、怒りの言葉を吐き、またさめざめと泣いてそれを拒んだ。

工事を計画していて、恐らく説明会を催していた担当者がそれを真に迫ったものと感じたのか（あるいは何か身の回りに起こったのか）、大幅なルート変更を行い墓は元の場所に残ったとされている。

虎御前とは、曾我兄弟の仇討ちを描いた『曽我物語』に出てくる人物で、晩年は兄弟の菩提を弔いながら神奈川県の高麗山《こまやま》の麓で没したとされている。が、遠く離れた九州にもこのように存在しているように、実は全国に伝承や墓が残っている。曽我物語そのものを全国に流布した語り部達が、虎御前と同一視され、その地に没するとそうした古址が形成されたものらしい。

それはともかく、ここの虎御前はなかなかの遣り手だと言わざるを得ない。

前段で運転中に目撃した幽霊譚を全否定してしまったが、矛盾するようだが、どうも私はタクシーでの幽霊譚はいささか信じられるのである。

中学生の頃、何かの用事で父親とタクシーで北九州市から福岡市へと移動したことがある。

国道三号線を東から西へ行くわけで、乗り込んだのは、午後の八時くらいだったと思う。

当時は、タクシー無線の交信をそのまま車内に流しっぱなしの車があったが、私達が乗った車もそれで、父親と運転手の世間話の合間には、無線独特のかすれた音声がずっと耳に入っていた。

「本部より○号車」

「○○付近、いませんか？」

と、いう風に丸聞こえなので、タクシーなど滅多に乗ったことのなかった私は、好奇心もあってそれに耳を澄ませていた。

「三号車、○○でキャッチ」

「了解しました」

……きっと、お客さんを拾ったんだな、と勝手に納得していると。

「三号車、芦屋まで」

と、聞こえた。遠賀郡芦屋町……。夏に海水浴に行ったなあ、などと思う。

丁度、こちらの車も遠賀川に架かる橋の上にいたが、その下流の河口の辺りが芦屋町である。

そちらのほうを眺めていたが、ちっとも景色が変わらない。

どうも、前方で事故があったらしく思わぬ渋滞で、橋の上で車がもたもたしている状態になっていることにようやく気付いた。

じりじり進んで、どうにかそれを抜け出した頃、

「三号車、現着」と、芦屋へ向かった車から無線が入り、続いて、

「うわ――っ！　いない！」

と、物凄い悲鳴が聞こえてきた。

吃驚《びっくり》した父親が、

「何、今の？」と運転手に訊くと、

「……うーん。……出たんでしょうねえ」

とだけ、返答があった。

続いて、やはり自動車絡みの怪談があるので、それを紹介したい。

と言っても、車中での話ではないのだが……。

大馬力のスポーツカーが流行っていた頃、そのタイプの車同士の正面衝突事故があった。

双方大破し、三名、つまり全員が死亡したのだが、二名乗っていたほうの車には女性が助手席に同乗していた。

運転していた双方の男性は、潰れた車をどうにか解体して遺体を回収することができた。

だが、女性のほうは損傷が激しく、引きずり出した遺体には頭部がなかった。

散々探したあと、車の周囲の散乱した破片の中に、丁度大きなラビオリの形をしたものが見つかり、どういう加減なのか分からないが、車体の鉄板同士が圧着して、その中に女性の頭部が閉じ込められているのではないかと推定された。

……実は、こういうことはたまにあり、鉄板を引き剥がす技術が警察にはないために、謂わば開封を依頼をする町工場があるのだそうだ。

筑豊地区のある業者としか言えないが、そこでのこと。

依頼を受け、用意をするために二、三日掛かる。その間、警察の冷蔵庫に保管されていたその鉄板の圧着した物体が、作業の当日に物々しく工場に運び込まれた。

物体の端を固定し、表面側の鉄板を少し引き剥がして、それに穴を開け、ワイヤーを通してそれをウインチで徐々に巻き上げていく……はずだったが、激しい破断音がして物体がずれ鉄板の端が捻じ切れてしまった。

「失敗ですね」

「……どうしますか？」

翌日にまたやり直すことになったのだが、また動いて失敗しないように固定用の治具を作っておくよう、社員のSさんが命じられた。

残業となったわけだが、そこの社長が、

「うちにも冷蔵庫があるから」と言ったために、移動中に温度が上がって腐敗が進むのを恐れていた家族や関係者が皆同意して、その夜はその工場に物体が預けられることになった。

Sさんは、物体の中身を想像すると気味が悪いものの、冷蔵庫と作業場が離れていたので、文句は言わずにさっさと作業に取りかかった。

やがて、日の暮れかかった頃、治具はできた。

できたのだが、取り付けの寸法を測るためには、物体を直接計測しないといけないことに気付いた。

翌日でもそれは可能なのだが、短気な社長に文句を言われそうな気がする。

どうせやらないといけないので、メジャースケールを持って移動し、普段は硬化剤などを入れてある冷蔵庫の前に来た。

中の棚が外され横に並んでいる。物体は斜めになって入っているはずだった。

手を合わせた後、思い切って開くとそれが滑り出てきた。

「うわっ！」

足首をもう少しで鉄板のギザギザの周縁で切られそうになって、Sさんは飛びすさった。

物体は床に滑り出た後も、膨らんだ部分を軸にしてくるくると回転している。

それを見ていたSさんは、段々と厭な気分になってきた。

（……滑り出た勢いだけにしては、回転が長く続きすぎてはいないか？）

ともかく、外に出てしまったからには中に戻さなくてはいけない。

素手で触るのは、鉄板のバリで危険である。

尻ポケットに突っ込んである革手袋をはめようと手でまさぐったが、手応えがない。

「あれっ？」

その辺に落としたのかと思い、振り返った途端に、「はい」と、革手袋を差し出された。

蒼白い顔色の若い女性がそこにいたが、両目にぎっしりとガラスの破片が詰まっていた。

絶叫して……それからは憶えていない。

帰りが遅いのを心配した家族が工場まで来て、夜半に気を失っているSさんは見つけられた。

物体は、工場の入り口付近まで移動しており、外部に出て行きたそうな様子でシャッターの前にあったそうだ。

……翌日の開封は成功したが、内容物の半分はフロントガラスの破片で占められていたという。

ゴーストクイーン

その夜は雨宮君とバーで一杯引っ掛けて、ある有名居酒屋に行こうという話になっていた。

後半は私の取材も兼ねていたので、そんなに深酒はできない（と、いつも思う）。

北九州市八幡西区の黒崎にある、待ち合わせ場所にしたバーで、私がゴッドファーザーをちびちび飲んでいると、時間通りに雨宮君がやってきた。

が、例のオカルトマニアの菅原さんと連れ立っている。

「どうも」

「どうもお久しぶり。……また、何かあったの？」

「いや、こっちはこっちで元々飲もうという話になってまして」

雨宮君はそう言って、私の横のカウンターに座った。

「今日は、皆でのんびり飲みましょうよ。怪談とかオカルトとか一応忘れて」

……だが、アルコールが入ると舌の根も乾かぬうちに、二人は変なやりとりを始めた。

「幽霊……結局、あれが何なんだかさっぱり分かっていないんですよね」と菅原さん。

「いつだったか、海外で幽霊を液体窒素で冷凍して捕まえようとしたことがありましたね」と、雨宮君。

「あれは、映画の話じゃないの？」と、私。

「そうだっけ？」

「でも、それで捕まえられたら、一応あれは物理法則に従うものっていうことになりますね」

「物理現象は起こしているからなあ。ポルターガイストなんかは、それ専門みたいだし」

スイス産だという、復刻アブサンを飲んでいた菅原さんが、

「そうなんですよ！」と、妙にテンションを上げてきた。

「実は僕は、幽霊にはそれ専門の部署を割り当てられている、ある種のヒエラルキーがあるのではないかと思っています」

「ヒエラルキィ？」

「謂わば、『幽霊真社会性説』とでも言いましょうか」

これには、数々の珍説を繰り出してきた雨宮君が驚愕の表情を見せた。

「真社会性」とは、例えばハチやアリなどの社会性昆虫は女王や働きアリなどの階級に別れており、女王が生殖を独占し、労働階級は体格や体型まで変えてそれぞれの役割を全う

しようとする。

そうやって、自分の属する群体の保全を行っていくことを、「真社会性」と言うわけだが……。

「じゃあ、ゴーストクイーンと働きゴーストがいるわけか？」

「働きゴーストって、何をするんだ？」

「人を驚かすのが仕事なんじゃないですかねえ」と、アブサンのグラスを空けながら菅原さん。

「実際には、いろいろ細分化されているとも考えられます」

「……実際って何だよ。真社会性って、エイリアン2じゃあるまいし」

と、雨宮君がうそぶいた。

「それだと、ゴーストクイーン以外は全部不妊階級ということになる。……いや、不妊なんだろうけど。……じゃあ、ゴーストクイーンは……？」

尻すぼみに、一人でごにょごにょ言い出した。

「人を驚かせて、何か幽霊に利益になることがあるのかね？」と、気になったので訊いてみた。

「自分達のコロニーを人に勘付かれたくないということで、牽制をしているのかもしれません」

「……まあ、確かに地縛霊なんてのはそんな感じもあるな」

「地縛霊？」

この後、その言葉は初出はナンタラで、概念としてカンタラと二人して責め立てられたが、それは省く。

「それなら、怨霊はどうなる？」

いささか頭に血が上った私は、自分の土俵に引きずり込むことにした。

「自分の怨みを晴らすために出てくる怨霊は、即ち非常にエゴイスティックな行為をしているわけだ。社会性に反していないか？」

だが、あっさりと即答された。

「……うーん、その場合、その権利を持っているのはゴーストクイーンということになりますね」

私は言葉に詰まった。宗像の怨霊伝説で言えば菊姫あるいは山田の君ということになり、妙に辻褄が合ってしまう。

辻褄が合うと言えば、例えば若松主婦殺人事件の被害者は、あれが本当の話だとしたら何故身内の枕元に現れなかったのか。小倉の美空ひばりは、親しい者ではなく何故大凡関係のない一ファンの元へやってくるのか。……あちらの社会的に何らかの規制が働いているとすれば、それは納得できないでもない。

身内や関係者の元に頻繁に出現すると、あちらの情報が漏れてしまうことを警戒して？

そう言えば、よく聞く幽霊出現譚って、基本的には自分と関係のない人達を驚かせているものではないのか？

「……いやいや」

私は頭を振った。

「思考実験としては面白いが、さすがに実証のしようがない」

「まあ、勿論それは認めます」

菅原さんは、バックバーの酒壜を物色しながら、

「でも、意外と納得できるでしょう？」と、勝利感を漂わせながらそう言った。

「……ハダカデバネズミは」

と、それまで黙り込んでいた雨宮君が唐突に声を上げた。

「裸がどうしたって？」

「ハダカデバネズミは、ほ乳類で唯一、真社会性を持つ動物ですが、コロニー内で一番優位な雌が、下位階級の雌に繁殖行動を起こさないように、巣の中を巡回して牽制して回る

そうです。……同じように巡回して回るゴーストクイーンに、実は心当たりがあります」

この巡回する何かについては、二〇一五年に発行された竹書房文庫の「恐怖箱　仏法僧」の後書きに書いていると教えられたので、その部分を許可を得て引き写すことにする。

……話の主は、看護師さんです。

その方の旦那さんとお子さん二人が、それぞれどうも夢枕で見ているようなのですが、横になっているといきなり部屋の中に、大名行列が現れるんだそうです。

ぞろぞろと大人数が横切り始め、やがて豪奢な駕籠《かご》が止まって、中から白装束の女の人が出てくる。

何故か時代的には違和感のある、おかっぱ頭なのだそうですが、「とても綺麗な人」という点では、全員が口を揃えるんだそうです。

しかも、全然怖くはない、と。

話をしてくれた方が、

「私は見てないし、全然霊感もないんですが、幽霊なんでしょうか?」と訊くので、

「……そこまで豪華絢爛《けんらん》だと、幽霊というより神霊なんじゃないですかねえ。きっと、悪

いものじゃないんじゃないかなあ」と、そのときは曖昧な返事をしておきました。

ところが、別の家でもこれが出るんだそうです。

それらの方位を考えると……どうも、件の大名行列は大昔の山城から山城へ移動しているんじゃないかと、思えてきました。

つまり、北九州市八幡西区にある城趾。市ノ瀬城と竹ノ尾城なのですが……。

地方の小城のため、どうにも資料が乏しくて、未だにこのお姫様が誰なのか特定には至っていません。詳しい方、心当たりがあったら教えて下さい。

あと、決してオススメはしませんが、このライン上で張っていたら、お姫様と邂逅できるのかもしれません。


……と、あった。

その場では、雨宮君から説明があったが、

「え？　市ノ瀬城と竹ノ尾城って宗像氏貞に攻め滅ぼされているんだぞ」と指摘すると、

「……そう言えば、そうですね」と、今更気付いたという体で、雨宮君は考え込んだ。

「すると、この巡回しているお姫様って……」

「……菊姫、かな？」

　おかっぱ頭の菊姫というのは……ちょっと違和感があったが、元々美人だったはずだから、それはそれでよく似合いそうだと思った。

　怨霊活動は終了しているようだし、真社会性説に準拠して、彼女がゴーストクイーンなのだとすれば、人を脅かす役割も必要もないはずなので、全然怖くないということについても納得できてしまう。

「その場所で戦死した宗像家の家臣もいただろうからなあ。……そのケアですかね」

「ケアって……」

　宗像の怨霊伝説に詳しくない菅原さんは、きょとんとしてウニクムのトニック割りを啜っていた。

　すると、それまで我々の馬鹿話をかなりのあきれ顔で聞いていたバーのマスターが、妙に深刻な表情になって、

「ちょっと、いいですか?」と、遠慮がちに声を掛けてきた。

「何です?」

「先ほど、確か大名行列が現れたとか言われていましたね」

「ええ」

「……実は、大分以前なんですが、私の友人が若宮町……今は宮若市ですか……そこの力

丸ダムに遊びに行きましてね。何げなく風景の写真を撮ったんですが……何と言うんですか、ダム湖の上に人が並んで……行列を作っている写真が撮れまして」

「ほう」

「心霊写真《サイキックフォトグラフィー》ですか」

「私も見たんですが、大昔の公家みたいな格好の人が並んで、確か中央に大きな駕籠があったような……。あまりにはっきり映っていたし、変な迫力があって、気持ちが悪いので友人がすぐに処分してしまいましたが」

「それは惜しいなあ。……しかし、と、言うことは……」

「巡回先に、力丸ダムも含まれている？」

「あそこって、心霊スポットになっていますよね」

皆で何だか興奮してきたが、

「……あそこは、宗像氏の支城、笠木城があったところの近くだな」

と、私が言うと、雨宮君は頷《うなず》いて、

「菊姫の巡回地としては、完全に正鵠《せいこく》ですね」

「実に面白い！」菅原さんが、何だか陶然とした目つきをして言った。

「今ここで起きていることは実に興味深いです。過去の不可解な事例の辻褄が合ってしまう、様々な逆行認識《レトロコグニション》。我々はきっと強大な支配霊《コントロール》に霊言を自動発言《オートマチックスピーキング》させられているのでしょう」

私と雨宮君は、顔を見合わせた。

「何を言っているんだ、こいつは？」

「分かりませんか？」菅原さんは、唇を歪ませて、実に薄気味悪く笑った。

「我々は、力丸ダムに行くように誘導されているんですよ」

力丸ダム　その1

力丸ダムは昭和四十年七月に完成した重力式コンクリートダムで、高さ四十九・五メートル、長さ一六〇・五メートル。左岸は福岡県宮若市下字広瀬、右岸は福岡県宮若市宮田字笠城に所在する。

遠賀川の支流、犬鳴川の小支流に当たる八木山川が頻繁に水害を起こしており、また北九州地区の上水道水、工業用水の逼迫《ひっぱく》もあって、八木山川を堰き止める形で多目的ダムとして建造された。

総貯水量一三二〇万立方メートル、クレストゲート二門を備える堂々としたダムである。が、何時の頃からか、この場所で発覚した殺人事件の噂から尾鰭が付いたのか、心霊スポットの噂が立ち始め、近隣に有名な犬鳴トンネルがあったことも相まって、現在ではネットなどでも盛んに怪しげな動画がアップロードされているような状況である。

それに荷担するわけではないのだが、前段のような事情があり、このように取り上げざるを得ない。

菅原さんは、あの後、「日程を決めて、三人で行ってみましょう」と大乗り気で、車の運転役も買って出ていた。

私は趣味の宗像怨霊伝説絡みであるので、最初から興味津々である。

だが、慧眼の士のお祭しの通り、誘導されている疑いがあるのにノコノコ行くなんて阿呆の所行であるとして、雨宮君は現地訪問に反対していた。

「二人で行ってくればいいじゃないですか」

「……いや、しかし、これってかなりのネタだろう。怪談作家がそんなことでいいのか？」

「全然構いませんが、何か？」

と、取り付く島もない。

そのいつにない頑なさから、何か過去に霊的誘導に引っ掛かったことがあるんじゃないか、とピンときた。

「もしかして、何か同じようなことでトラウマな事例でもあったのか？」

「……話したくありません」


——無理矢理聞き出したその話が、以下の通りである。

初めて知ったのだが、雨宮君も子供時代には中間市に住んでいたのだそうだ。

中間市役所から上流の遠賀川の河川敷は、当時は整備されておらず草ぼうぼうの湿地みたいな場所だったが、子供にとっては良い遊び場だった。

小学四年生の頃だったそうだが、クラスメートの一人が昨日「空飛ぶ円盤」を見た、と言い出した。

そもそも、いつもホラを吹いているような悪ガキの男の子で、誰も信用しなかったのだが、休み時間に学級委員長をしていた謂わば才色兼備の女の子が、

「それなら、私も見た」と話を聞いて同調した。

人望の違いからか、信憑性が一気に高まり、場所を訊くと近年世界遺産に登録されて話題になった「遠賀川水源地ポンプ室」の辺りと言うことで、それに関しても二人の言うことは一致していた。

それなら、どうせ帰り道だから立ち寄ってやろう、とまだウルトラ怪獣少年だった雨宮君は思った。

宇宙人のイメージは、ケムール人とかメフィラス星人とかそんな感じで、むしろ本物の円盤が円谷造形とどう違うのかに興味があったそうだ。

帰校時刻となった。

中間市役所前の今はもうなくなってしまった二代目の遠賀橋を渡って、東岸の堤防道路を上流方向に向かう。

すぐに中間堰とその制御室棟が右手の河川敷に見えてきた。(この場所で取水しており、制御室棟は遠賀川水源地ポンプ室と対になっている施設だが、こちらは取り壊しが決まっているようだ)

「あれっ?」

自分が一番に学校を出たはずなのだが、制御室棟の前の辺りで学級委員長が手を振っている。

距離があるので耳を澄ますと、明らかに雨宮君を呼んでいるのだった。

彼女とは、そんなに親しいわけではなかったので、

「何だろう?」

と、首を傾げながら堤防の上の土手道を降り、下生えを踏みしだいて近寄っていった。

だが、制御室棟の近くまで来たが、その姿がない。

反対側にいるんだろうと思って回り込んでみたが、誰もいなかった。

周囲を見回す。

少し離れたところの草むらに、ぽつんと地蔵が立っており、それに手を合わせて屈んでいる委員長の姿があった。

確か水難事故があって、その供養で立てられたものだという噂があった。

川縁ぎりぎりを歩いて近づこうとしたとき。

ぽんと横手から手が伸び出してきて、雨宮君は川に落ちた。

「うわっ！」

いきなり深みに嵌まって、雨宮君は慌てた。

必死になって堰の一部にしがみつき、よじ登って、水を吐いた。

仰向けになると、馬鹿みたいに青い空が見え、一瞬ぼんやりしていたが、さてはクラスメートが共謀して悪戯したのかと思って、急に腹が立ち、

「誰か！」と、喚いたが、広い河川敷には誰もいなかった。

こんな広いところでは、走って逃げてもどこかに委員長の姿があるはずなのだが、見つけることはできなかった。

制御室棟も無人だったという。


その委員長だが、その日は友人と連れ立ってまっすぐ自分の家へ帰ったと言い、その友人の証言とも一致していた。

そもそも、委員長の家への道筋は遠賀川西岸であり、橋を渡ってくる必要もないのだった。

それと「空飛ぶ円盤」に関しても、

「見間違えだよ」と、あっさり言い、もうどうでもいいかのようだった。

雨宮君は納得がいかず、親にもこのことを話したのだが、

「そらあ、遠賀川の河童に引き込まれかけたったい！　あれは、色香を使うけんなあ！」

と、大笑いされた。


「……以来、妖怪と、できる女は大嫌いになりました」

「河童に……」私は笑いを堪えるのに必死だった。

「河童に騙された奴を初めて見た」

「……人が殺されかけたのが、そんなに面白いんですか？」

「いやいや……なかなか巧妙な河童だな」

腹筋が変になりそうだったので、明後日のほうを向いて答えた。

「あーそうですか、分かりましたよ」雨宮君の目つきが急に凶悪になった。

「そこまで言うのなら、怨霊のお招きに預かろうじゃないですか。……どんなことになっても、知りませんからね」

力丸ダム　その2

菅原さんのランドクルーザーが迎えに来て、私と雨宮君は日暮れ時にそれに乗り込んだ。

「やっぱり、夜に行くのはどうなんだろう」私がつぶやくと、

「昼間に行ったら、単なるピクニックですよ」ナビに入力しながら、菅原さんが答えた。

「夜の住人のお招きですしね」

「……」

雨宮君はむっつりとして押し黙っていたが、バッグからスキットルを取り出すと、キャップを外して無言でそれを一口飲んだ。

死ぬほど不味そうな表情を浮かべる。だが、見方によっては酒飲みには旨そうな所作にも思えるから不思議だ。

「何だそれ？」

「酒ですよ」

「酒は分かっている。俺にもくれ」

黙ってスキットルを手渡されたので、一口飲んだ。……が、とんでもない味である。

「な、何だこれ？」

物凄い後味に辟易《へきえき》しながら、堪らず自分のバックからミネラルウォーターを取り出し、口の中を濯《すす》いだ。

「ガンメルダンスクです」

「何だって？」

「おお、ガンメルダンスク」

普段から、バーでは得体の知れないカクテルばかり飲んでいる菅原さんが反応した。

「デンマークの薬草酒ですね。ナナカマドの実も入っている」

「ナナカマドの実が入っていると、こんな味になるのか？」

「いえいえ、他にもナツメグ、アニス、ジンジャー、ローレル、シナモンといった一般的なハーブとスパイスが余さず入っていますね。……まあ、はっきり言って、余程薬草系が好きじゃないと飲まないですよ」

「……何でまた？」

焼酎もウォッカもウイスキーも大抵炭酸だけで割ったものしか飲まないし、こういう何かを浸漬した酒は嫌いなものだとばかり思っていたのだが。

「秘密」

雨宮君は素っ気なくそう言って、車内に設置してあるＤＶＤプレーヤーのリモコンを操作しだした。

座席のポケットに入っているＤＶＤを取り出して選んでいたが、どれもホラー系で、しかも心霊スポットに突撃する類いのものばかりである。

「気分を盛り上げて頂こうと思いまして」と、菅原さん。

……実に要らぬ気遣いだが、力丸ダムまでは片道一時間ほど掛かるので、二人してそれを見るしかなかった。

画面では、幽霊に会いたいばっかりに、わざわざ怖い思いをしようとしている連中が、霊を挑発している様子を映し出していた。

「……装備がいいな」

「まあ、仕事でやっているんでしょうし」

「霊って、挑発したら出てくるものなのか？」

「さあ？」

「真社会性説に則るなら、心霊スポットって幽霊側の用意したフェイクということにならないか？　驚かすのが本分なら、家に帰ってからとか油断しているときにやるんじゃ」

「ですよねえ」と、菅原さん。

「突撃して、ドーンと出てきた動画なんて見たことがないです」

「ドーンとなんて出ないよ」と、雨宮君。

「人の形のものなんて、まず一生に一回見られるかどうかなんじゃないの？」

「ですよねえ」

「それに、もし情報縛りがあるのなら、映像になんか撮られたらあちらの世界じゃ懲罰ものなんじゃないか？」

心霊ＤＶＤを何げなく全否定しながら、しかし結局は同じようなことをやろうとしている我々の乗った車は、九州自動車道をひた走った。

すっかり薄暮も終わって、闇が降りてきた頃、宮田スマートＩＣから降り、車は宮若市内を抜けて、県道二十一号線に入った。

「左手は犬鳴川ですね」

菅原さんが言った。

「ふーん」

これが犬鳴川だったのかと思う。

「……そう言えば、犬鳴トンネルってどうなってるんだろう？」と私。

「今はもう、入り口を塞いでいるブロックも補修されて、完全に入れないとか」と雨宮君。

「犬鳴村は？」と、菅原さん。

「それは都市伝説。……周囲が山深いと、すぐ村ができちゃうんだよな」

「犬鳴ダムの湖底に沈んでいるとも聞きますよ」

犬鳴ダムも力丸ダムと同様の経緯で作られた、多目的ダムである。確かに湖底には二十八戸の家が沈み、その他にも神社一公民館一小学校一と、丸一村が沈んだ形になっていた。

「……日本国憲法が通用しない小学校というのは無理筋ですねえ」

「普通の村だったんだから、当たり前だ」

ナビの案内で右折し、県道四五〇号線に入る。

周囲はすっかり寂しくなって、対向車も少なくなってきた。

曲がりくねった対面二車線の狭い道を飛ばしていたが、急にハザードを焚いて車が停まった。

「どうした？」

「先にこっちに来ちゃいましたが、この奥が『力丸十二支苑』ですね」

「ああ、廃墟になっているあれか」

「もう、解体も進んでいるんじゃないの？」

「力丸十二支苑」は、昭和五十四年（一九七九年）に開設された宗教施設で、奈良県にある新薬師寺の有名な十二神将像から分霊している。

十二神将は、薬師如来の十二の大願に応じて、それぞれが昼夜の十二の時、十二の月、又は十二の方角を守るとされ、そのため十二支が各将に対応する。

例えば宮毘羅《くびら》大将が「亥」という風である（対応には諸説あり）。

「それで、十二支苑なんですか、知らなかったなあ」

少し得意になったが、「西の新薬師寺」と自称した割には、存続期間が短すぎて儚く思った。

確かゼロ年代の初期には、もう閉鎖されていたのではなかったか。

「水子供養の施設くらいに思われていた感じがあったですね」

「事実やっていたしな」

「集客のために、いろいろ手を出したんでしょう」

今は私有地になっているようで、入り口はブロックのようなもので塞がれていた。

監視カメラも動作していると看板に書いてあり、いい気持ちはしない。

どこかで、野犬のものらしい吠え声もしていた。

「そろそろ、行きましょうか」

菅原さんがヘッドライトを点けると、

「あ？」

車の正面に真っ黒な大型犬がいて、双眸《そうぼう》が金色に光っていた。吠える様子はなく、こちらを一睨みするとすぐに十二支苑側へと走っていって姿を消してしまった。

「でかい野犬だな」

「危険だな。外に出なくて正解だ」

が、菅原さんは、

「黒犬《ブラックドッグ》……」とつぶやいたまま、しばし動かなかった。

力丸ダム　その3

「黒犬は死の先触れ？」

ようやく動き出した車の中に、どんよりとした空気が流れた。

「死と再生を司る女神、ヘカテーの眷属ですね」

「うーん」雨宮君が、少し苛ついた調子で言った。

「そうやって、何でもかんでもオカルトと結び付けるのはどうなのかな。黒猫が前を横切ったのと、現象的には何も変わらないじゃないか」

「……そうですけど、いや何というのか、こう、犬を見た途端に、ビビッと来たんですよ」

「……それはビビッてるだけなんじゃないのか？」

「ダムに行きたくなくなったとでも？　けど、もう来ちゃったしな。その先だろ？」と、私。

一旦来た道を引き返し、ダムの方向へと向かう。

菅原さんが逡巡しながら運転している間に、右手に広い駐車場の跡のような場所が見えてきた。

「あ、力丸レークランドの跡だな」

力丸レークランドは「力丸屋外スケート場」と言う名称のほうが通りが良い。かつては有名なレジャー施設で、福岡県ではスケートが馴染み薄だったことから、教育の一環として広範囲から小中学生を集め、かなりの盛況を見せた。

先ほどの駐車場に、その児童を乗せたバスが列をなして停まっていたのである。

平成八年（一九九六年）に閉鎖しているが、丸三十年に亘って営業していたので懐かしく思われる方も多いであろう。

ゲームセンターや食堂も併設されており、近隣に遊び場のない若者達の恰好の溜まり場でもあった。

「インベーダーゲームを、初めてやったのはここだったな」

「そうそう、大抵パンチパーマをかけた連中がつるんでいて、席を占領してましたね。百円玉を山ほど積んで」

「シーズン中は終夜営業だった」

「デートコースでしたな」

菅原さんが、気味悪そうにちらっと振り返った。

「それじゃあ、お二人にとって、ここなんて庭じゃないですか」

「いや、ダムになんて興味なかったし」

「ここで遊んで犬鳴に肝試しに行くのが定番だったから、きっと我々の世代がいかんかったのかもしれんなあ」

「鮭みたいに帰ってきちまったわけだ」

車は今は何かの処理場になっているそこから折れて、すれ違いに往生しそうな狭い道へと入っていく。

「この先ですね」

途中に駐車場があり、落ち葉の降り積もった片隅に車を停めて、そこで降りた。

各人が持参した荷物から懐中電灯やＬＥＤランタン、デジカメなどを取り出す。

私が軍物のアーミーベストを着ようとすると、

「……いや、ちょっと待って下さい」と、雨宮君が言った。

「何だ？」

「今、ジャラって、何か金属音がしましたよね？」

「それがどうした？」

「いいから、ちょっと見せなさい」

引ったくるようにして私の手から奪うと、それのファスナーを開いた。

「……何ですかこれ？」

「火魔封火打釘《かまふうじひうちくぎ》だ。黒田長政の命によって黒田藩が対怨霊用に開発した秘密兵器。こっちの鎮火刀で十字を切り、火打釘を投擲《とうてき》する」

「要するに、手裏剣じゃないですか！」

「そうとも言う」

「怨霊退治に行くわけじゃないんですよ。駄目、危険です。持ち出し禁止」

「鎮火刀は模擬刀だし、手裏剣は刃渡りがないから……」

「駄目、駄目」

私達のやりとりを見ていた菅原さんは、長細い、カメラの三脚の入っていると思しいバッグを肩から下げていたが、苦笑いしながら目を逸らした。

「……何で、三脚なんかいるんですか？」

何かを察知した雨宮君が追求する。

「えっ？　そりゃあ、勿論いい写真を撮ろうと思って……」

「……ちょっと、見せてもらえますか？」

菅原さんはあれこれ言い訳を続けていたが、執拗な追求に根負けしてバッグを手渡した。

中から出てきたのは……。

「何だそれ？」

それは、長さ一メートルほどの棒で、根元は黒、先のほうは白、その間には色テープが十二色に分けて巻かれており、先端には樹脂製らしいピンク色の造花が付いていた。

まあ、どう眺めても幼稚園児がお遊戯をする際に使うくらいの用途しか、私には思い付かなかったが、

「……ロータス・ワンド」

「何だって？」

「ロータス・ワンド。……最強の魔術武器……と、言われているものですね」

十九世紀に英国で結成された魔術結社「ゴールデン・ドーン」由来の杖《ワンド》で、全体としては泥の中から美しく生えてくる蓮《はす》の花を模しており、蓮の花は泥を肉体とする対比で、人間の霊性を表している。

十二色に色分けされた部分は黄道十二宮を表し、蓮の花の花弁十枚はカバラの「生命の樹」にある十のセフィロトと対応、観念的には世界の全てを抱合した至高の杖である。

……と、菅原さんは強弁した。

「そうですか」と、異様に醒めた口調で雨宮君。

「携帯を許可します」

「ありがとうございます」と、本気で菅原さんは感謝しているようだった。

どう考えても許可の出所が理不尽だったが、怨霊対西洋魔術というのも一興かもしれないと思って、放っておくことにした。

「……あの、実は三人分作って持ってきたんですが、要りませんか？」

「要らん」

「要りません」

力丸ダム　その4

駐車場から少し歩くと、いきなりダムの堤頂面《ていちょうめん》が見えてくる。ぱっと見には道が一本続いているだけだが、片側は五十メートル近い断崖で、反対側はダム湖になっている。

右手の道沿いに行くとダムの管理出張所があるが、左手遠方に、こんもりとした山影が星明かりを背景にして見えていた。

「あれが、多分笠置山だな」

「笠木城のあったところですね」

私達は冒頭で触れた「山伏塚」の一件を思い出していた。山伏達を待ち伏せした宗像氏の一団がいた城である。

「山の反対側は飯塚市ですね」

と、持参したデジカメを操作しながら菅原さん。

ロータス・ワンドはベルトに差しており、見た目が不審極まりない。

「行きましょう」

そのダムの堤頂面を歩く。幅は四メートルもない。

「狭いですね。これで、大丈夫なのかな」

「重力式ダムだからな。一番下の厚みは四十メートルくらいあるんじゃなかったかな」

「……湖面には……何もいないですね」

デジカメをナイトモードにしても、何も見えないようだ。

「……そんなに簡単に何か出てきてくれたら苦労しねえや」雨宮君が小声で愚痴った。

「この水の下にも村があったんですかねえ」

それには気付かず、相変わらずデジカメを覗きながら、菅原さん。

「……力丸村、とか？」

「そもそも、何で力丸ダムと言うのか、っていう話か？　……君は、宗像の怨霊伝説は知っているのかね？」

「無論、ここに来るに当たり勉強してきました。巡回するお姫様に興味が湧きまして」

「それなら話すが、ここの湖底に沈んでいるのは、力丸・葉月・小川の三部落だ。その力丸がダムの名前の由来なのだが、これは人名から来ている。宗像大宮司に仕えた神職に力丸家というのがあったんだな」

古くは寛喜三年（一二三一年）に、力丸日向守正保という人物が記録に見られる。

この地に定住したのは、その子孫の力丸中将良存で、農地を開拓し、田畑を耕作して暮らし始めたという。

「神職を辞めたんですか？」

「いや、豊臣秀吉に宗像家そのものを廃絶されたからな。……やむなくだな」

「帰農したんですね」

「笠木城にいた宗像家由縁の人々も、何というのか、新城主にリストラを食らってこの地で帰農したそうだ」

「……そうすると、この湖の底に沈んでいるのは……」

「宗像氏の元家臣と、その子孫が営々と数百年間耕し続けた農地と、その集落だ」

「それが根こそぎ消えたわけだ。……まるで祟りじゃないですか」

「祟りっぽいな。その祟りが菊姫達のものなのか、殺された山伏達のそれなのか、はたまたそのミックスなのか、まあそれは永遠に分からないだろうけどな」


力丸ダムの湖底には住居三十六戸（三十八世帯）、公民館二戸、神社二社、田畑およそ三十一ヘクタール、山林およそ六十二ヘクタールが沈んでいる。

暗闇の中、外灯の明かりだけで見える湖面は淀んで見えた。

だが、少し風も出てきて、季節は晩秋でもあり、段々と冷えてくる。

雨宮君と菅原さんは反対側まで行って、道なりに少し歩いてきたようだが、

「特に何も異常は起きないし、寒くなってきたので帰りましょうか」と言い出した。

「そうだな」

それに異論はなく、駐車場まで連れ立って歩いた。

「あれっ？」

不意に、菅原さんが鼻をひくつかせて言った。

「何だかいい匂いがしませんか？」

「うん？」

「……するな」

花の香りのような、甘い匂いが確かにする。

……この匂いは……。

「もしやこれは……」菅原さんが、腰のロータス・ワンドを引き抜いて身構えた。

「花の霊感《フラワークレアセンティエンス》……」

「何だって？」

「匂いの心霊現象……というか、日本だと線香の香りがメジャーなアレです」

と、雨宮君が解説した。

「ほほう。……それで分かった」

「何がです？」

「これは百合の匂いだ」

「百合？」

「それもカノコユリだ。昔嗅いだことがある。……カノコユリは宗像市の市花になっているが、長いこと日本では鹿児島の甑島《こしきじま》と宗像にしか自生地がないと言われていた」

「うへえ。……この季節では、その辺に咲いているわけないですよね」

「いよいよ、お出ましですか」

……だが、全員で覚悟を決めたのだが、それ以上何事も起こらず、百合の香りもやがて霧散したように消えてしまった。

「……帰りましょうか」

「……だな」

がっかりしたような、ほっとしたような複雑な気分で、我々は車に乗り、力丸ダムを後にした。

力丸ダム　その5

私と雨宮君は、そのまま小倉の平和通りまで送ってもらった。

まだ夜の十一時過ぎくらいなので、自然二十四時間営業の居酒屋にでも行こうということになる。まあ、何が自然なのか自分でもよく分からないが……。

荷物は、また今度ということで車の中に預かってもらうことにした。

菅原さんは車があるので、八幡西区の自宅まで折り返して帰らざるを得ない。

「これ、持っていって」

雨宮君が、別れ際に携帯していたスキットルを菅原さんに手渡した。

「何かあったら、使うように」

「何かって……」

菅原さんは不可解な顔をしていたが、後続の車に急かされて、彼の乗ったランドクルーザーは車列に消えていった。

物寂しい場所から一転して繁華街である。

歩いているうちに、遅くまで水商売向けに営業している花屋があり、百合の花束もディスプレイしてあった。

殆どはカサブランカだったが、

「こっちの赤いのがカノコユリですよね」そう言って、雨宮君が匂いを嗅いだ。

「……本当だ。あの匂いだ」

と、改めて仰天していた。

「な、間違いなかっただろう？」

しばらく自慢できると思って、私は鼻高々だった。

「で、どこに行きます？」

気分が良かったので、つい花屋から看板の見える割と高そうなスナックに入ってしまった。

「いらっしゃい」

ビルの二階だったが、結構広い店で内装も小綺麗だ。ママも若めで美人であった。

他に女の子が二人いたが、ボックスのほうで先客と話をしていた。

我々は（ママ目当てで）カウンターに陣取った。

「お初……ですね。よろしくお願いします」

物慣れた口調で、なかなか愛嬌のある感じだ。

二人ともハイボールを注文し、

「一応、今日の反省会ですかね？」

「一体何を反省するんだ？」

「火魔封火打釘とか、ロータス・ワンドとか。……怨霊を刺激するようなことを考えちゃいけませんよ」

「万が一の用心だろ」

「それなら仕方がないような気もしますが、畏敬の念はちゃんと持たないと」

こんな風に、また第三者が聞いたら呆れ果てるような会話を始めた。

が、それなりに疲れていたのか、いつもより酔いの回りが早い。

お代わりをする頃には、二人とも大分効いてしまっていた。

すると雨宮君が、可哀想に職業病なのか、呪われたサガなのか、

「ママさん、何か怖い話知りまへんか？」

と、えらく呂律の怪しい口調で、ママに問いかけた。

「怖い話？　んー、私、守護霊が弱いのか霊感ないから」

これがそう答えたのが私なら、その守護霊という言葉の初出はナンタラで、概念としてカンタラと小言を食らうところだが、

「そうなんですかー」と、へらへらしている。

「……でも、一度不思議な女の人を見たことあるなあ」

「ほほう」

「子供のときですけど、私実家は門司なんですよ。カッパ神社って知りません？」

カッパと聞いた途端、雨宮君の表情が凍り付いた。

「本当は大積天疫神社《おおつみてんやく》って言うんですけど、境内に河童の像があって、それでそっちのほうが有名になってしまって」

「ああ」

以前、仕事で伝説絡みの冊子を纏めたときに聞いたことはあった。

「確か、海御前《あまごぜ》の墓のある」

「そうです、そうです」

海御前は平家方の武将、能登守教経《のりつね》の妻である。教経は壇ノ浦の戦いで源義経を捕まえようと奮戦するが、惜しくも有名な八艘飛びで逃げられてしまい、源氏方の安芸兄弟を道連れに海に飛び込んで死ぬ。

海御前は女性ながら戦いに参加していたが、劣勢如何ともし難く、安徳天皇の入水を見届け、やがて自らも後を追った。

数日後、大積の海岸に海御前の遺体が漂着した。

その顔は安らかな中にも気品があり、まるで生きているかのようであった。死してなお気高さを失わなかったその姿は、大積の里人達の心を打ち、手厚く葬られたとされている。

「その境内に、よく一人で遊びに行っていたんですよ。確か、海御前の碑のところだったと思うんですけど……何というのか……昔の……お雛様のような格好をした女の人がいて、神社だから巫女さんかなとも思ったんですけど……全然違うし、そのうち子供ながらに『あっ、海御前様かも』って思ったんですよ」

「なるほど」

「それで、物凄く裾の長い着物を着ていたので、私は『汚れませんか？』って訊いたんです。そしたら、その女の人は振り返って『ありがとう』って言って、にっこり笑いました」

「返事をしたんだ」

「……でも、ここまでしか憶えていないんですよ」

「ああ、それは、よくあることですよ」雨宮君が言った。

「でも、はっきり姿を見て会話したんだ。いいなあ……」

「しかし、海御前はいつの間にか妖怪化して、河童族の総帥にされてしまっているんだけど、怖くはなかったの？」

少し気になったので訊いてみた。

「いえ、全然怖くありませんでした」

「えっ？」雨宮君が急に不審そうな顔をした。

「海御前は、時代が経過するうちに、河童伝説と結び付いて北部九州一帯の河童族の女統領ということになっているんだよ。源氏の血を引いた人間は、躊躇わず襲うそうだ」

「いえ、そのことじゃありません」

「なら、何だ？」

「……気になりませんか？『全然怖くない』って」

「あっ！」

——巡回するお姫様は……「全然怖くない」。

「……海御前じゃなかったのかもしれない」

「菊姫かよ」

「こんなところで、そんな話を聞くとは……」

「いやいやいやいや」雨宮君は頭を抱えて、半ば悶絶しだした。

「何でここに入ったんでしたっけ？」

「……そりゃあ、百合を見つけて、花屋に入って、看板が」

「思いっきり、誘導されているじゃないですか！」

「……うーん、そう言えばそうなんだが……少し落ち着いて考えよう」

しばし黙りこくって、二人してやたらとグラスを口に運ぶ。

「……考えてみると、宗像氏と平家って結構結び付きがあるぞ。北部九州一帯には無数に落人伝説があるし、宗像市池田には平信盛《のぶもり》夫妻のものと伝わる墓所がある。信盛はあの平清盛の孫だ」

「考えてみると、宗像三女神って航海の神とされているけど、海の神、水の神でもある。……つまり、水神じゃないか」

「宮島の厳島《いつくしま》神社を大規模化したのは平清盛だが、祭神は宗像三女神で平家は篤く尊崇していた……」

「妖怪は神の零落した姿だという説に則ると……水神は……」

「力丸ダムの由来である力丸日向守正保は、正に平家の落人そのものだっていう話だ」

「……じゃあ、あのときの河童って」

「壇ノ浦で死んだ平家の人々は、男は平家蟹に、女は河童になったという伝説が……」

私達は顔を見合わせた。

「既に子供の頃に祟られて、殺されかけていたんじゃないのか？」

「菱井さんは？」

「それが、あるんだ。小学校一年のときに芦屋の海水浴場に行った。まだ泳げなかったので、浮き輪を使っていたんだが、どんどん沖に流されて……昔の海水浴場だから人が芋を洗うように大勢いるんだが、誰も気付いてくれないんだ。まるで、浮き輪を何かが引っ張っていくような感じだった」

「それで……何で生きているんです？」

「どういう加減か、沖で半円を描くようにして戻ってきちまった。既にその頃には捜索されていて、親からこっぴどく怒られたんだが……。まあ、じっとしていて無駄に体力を使わなかったのが良かったんだろうな」

「へっ」雨宮君が急に鼻で笑った。

「どうした？」

「そうすると、我々は怨霊の祟りを悪運だけで生き延びた、希有な存在なわけですね」

「そうなのか？」

「そういうことにしておきましょうよ。怨霊に未来を透視されて、予め始末されかかったなんて怖いことは考えずに」

「……時間を遡行《そこう》してきて、始末されかかったという風に考えると、もっと怖いぞ」

「……」

結論として、怨霊はとても怖いということが分かった。

「……帰りますか」

途中から会話どころか物理的に引いていたママに声を掛け、支払いを済ませると我々は出口に向かった。

「あ、最後にもう一つだけ」

雨宮君が振り向いて言った。

「おまえは刑事コロンボか」

「神社にいた女の人ですが、髪型はどんな風でしたか？」

「えっ？　ああ、確かに……そこだけ現代風で、長目のおかっぱ頭でした」

「なるほど」

「やっぱりか……」

そして、一階へ降りる階段の途中で、

「あっ！　それで河童か！」

と、二人同時に叫び声を上げた。

力丸ダム　その6

小倉で私と雨宮君が飲んでいた頃、菅原さんは既に都市高速を八幡方面に向かい折尾側に降りて、一般道へと入っていた。

やがて国道三号線と交差して、幾つかの陸橋を越える。

運転中、ずっとFM放送を流していたのだが、ある陸橋の上で急にパーソナリティーの声が乱れた。

「あれ？」

そして、続いて尻の辺りに焼け付くような感覚を覚えた。

「い、痛ててて！」

それは、電気を流されたようでもあり……。

「放射線感《ラディエセシア》……か？」

独特の「波動」としか表現できない感覚を送られてきたように感じ、興味を覚えた。

そして、（よせばいいのに）引き返して、その陸橋の真下辺りへと向かった。

何だか一方通行だらけの、町工場の多い地域だったが、回り回ってようやくその当たりを付けた陸橋の真下へとやってきた。

ゆっくりと車を進める。

陸橋の下は駐車場になっていた。車が淡々と並んでいるだけなのだが、ある一角だけガランと空いており、見るからに不審な段ボール箱が置いてあった。

「……」

菅原さんは駐車場の敷地内に車を乗り入れ、その段ボールの傍に寄せた。

ロータス・ワンドを取り出し、車を降りるとそれを翳して、予備の二個を腰に差す。

そして、ロータス・ワンドの先端で段ボール箱を突き、大丈夫そうだと思って、箱を開いた。

……中には、首のない雛人形が押し込められるようにして入っていた。

着物も擦り切れていて、見るからに傷んだ感じである。

「……不法投棄?」

取り出してみると、女雛二体と、三人官女のそれが、四体あった。

計六体である。

雛人形の構成としておかしすぎるのだが、菅原さんは見るからに不気味なそれを、何故か写真に納めようと思った。

スマホでもいいのだが、力丸ダムで空振りに終わったデジカメを思い出し、どうせならと思って、それを取りに車へ戻る。

デジカメの入ったバッグを開きかけたとき、不意に最近読んだ宗像の怨霊伝説を思い出した。

陶晴賢《すえはるかた》によって謀殺された「山田の君」。そして、その娘であり宗像大宮司の妻である「菊姫」。

一緒に殺された侍女の「小夜《さよ》」と「小少将《こしょうしょう》」。……そして「花尾局《はなおのつぼね》」と「三日月《みかづき》」。

……計六人。怨霊の総体である。

「……嘘だろ」

後ろを振り返ることができず、そのまま車に乗って逃げようと、じりじりと運転席のほうに足を運ぶ。

思い切って荷室のハッチを閉め、ドアを開いて飛び乗った。

エンジンを掛けようとキーを回す。

正常にエンジンは掛かったが、前を見た途端ボンネットに何かが飛び乗ってきた。

……真っ黒い犬が、フロントガラスの向こうで牙を剥き出して唸っていた。

少し乗り込むのが遅かったら、絶対噛まれていたと思い、構わずに車を発進する。

犬は飛び降り、勘で見知らぬ狭い通りを走り回り、交通量の多い通りへ出ると、それ以上の変事はなくなった。

自宅へ戻ると、一人暮らしなので明かりの付いていない部屋がやたらと気持ち悪かった。怖気が去らないので、酒でも飲んで寝ようと思い、買い置きのそれを探す。

雨宮君から預かったスキットルのことも思い出したが、どうも薬草系の気分ではなく、結局いつからあったのか分からないウォッカの壜を発見し、ロックでがぶ飲みして就寝した。

……ようやく、睡魔が忍びかけてきたとき。

パサリと布の音がして、どうも部屋のカーテンのほうからそれが聞こえたような気がしてきた。

……パサリ。

起き出して照明を付けるが、異常はない。

だが、また布団を被るとその音がするのだった。思い切ってそのまま窓のほうを見ると……。

カーテンの向こうで、何か大きな球体がうねうねと動いているような膨らみが見えた。

「……んな馬鹿な！」

跳ね起きて照明を付けると、何も異常はない。

「……糞っ」

また消して、球体が現れた場所目がけてロータス・ワンドを投げつけてみる。

だが、何ら効果がなく、球体は動き続けた。

……見ているうちに、それが膨れあがった生首なんじゃないかと思えてきた。

何だかとんでもないことに関わってしまったのではないのかと、後悔の念が押し寄せる。

そのうちに、ふと雨宮君が何かあったら使えと言っていたガンメルダンスクのことを思い出した。

「……しかし、どう使うんだ？」

明かりを付け、台所から杯を持ってきてスキットルからガンメルダンスクを注ぎ、それをカーテンの前に置いてみた。

明かりを消す。

……。

何も起こらない。

しばらく様子を窺ったが、全く何も起こらなかった。

「……これはこれで馬鹿げているよなあ」

明日、通販でガンメルダンスクを一杯買わないと……。

そう思いながら、菅原君はようやく眠りに就いた。

修羅ノ国

よくネットなどで「修羅ノ国 北九州」という表現を見かけるが、それはまあ荒っぽい気風というのか、炭鉱地帯を背後に抱えた工業都市としての時代から、その酸鼻なまでの衰退の時代を流れていた、通底した何かを指しているものだろうと思える。

実際、昔はマル暴な人も多く、一部はそれはもうとんでもない暴れっぷりだったので、それを知っている私としては否定する気もないのだが、近頃は意外とお行儀の良い街になっていることも確かである。

一時期話題になった手榴弾やロケットランチャーが別に出回っているわけではなく、それぞれは個別の事件として認識すべきだろうと思う。

実際住んでみると、ほどよく自然も多く、買い物も便利で、医療機関も整備され、老人福祉施設の数も日本一多い。

移住先としても、最近は人気になっており、受け入れに関して北九州市は積極的に力を入れ様々な施策を行っている。

ただまあ、福岡市と比して何故か認知度が低く、イメージ戦略的に「修羅ノ国」的なものが足を引っ張っていることは否めない。

そこへ何故殊更「修羅ノ国」などというタイトルの本を出すのかというと、怪談的にはやっぱり「修羅ノ国」なんじゃないかと思うところがあってのことである。

この本でも結構取り上げたつもりであるが、まだまだ個別の話は多い。

例えば、炭鉱関係の話が丸ごと抜けているし、伝説・伝承系もまだまだ残っている。

何年か前に『残穢《ざんえ》』という映画があって、炭鉱事故で亡くなったと思しい亡霊が現れるシーンがあったが、少し調べるとあの描写では物足らなく感じてくるかもしれない。

例えば大正三年に福岡県田川郡の方城炭鉱で爆発事故があり、六百七十一人が死亡した。が、これは会社側発表であり、実際にはそのとき何人が坑内に降りていたのか正確には把握されていない。

千人以上だとする説さえある。

また、炭塵《たんじん》爆発の威力は人間など粉々にしてしまう。

炭鉱のシステムは採炭優先で入れ替わり立ち替わりであり、ようやく安全対策が整備されてきたのは、皮肉にも石炭が主要エネルギーとしての地位を石油に譲るその端境期《はざかい》であった。

そのため、実際には他の小さな事故で死んでいった名もなき人々の犠牲が、忘れ去られたまま地下に今でも埋もれているのである。

根源的には、その後ろめたさのようなものが、日本人全体にずっとあるのかもしれない。

北九州市はその石炭を使って製鉄業を主な産業にしていたため、尚更なのだろうか。

……しかし、皆さんの故郷にも光と影があるように、「修羅ノ国」もまた歴史は歴史として休みなく生まれ変わっていこうとしている。

影は消え去ることはない。しかし、それは無論変わらぬ永遠の私達の故郷であるのだ。


……と、いい感じで後書きを書いていると、庭先にランドクルーザーが停まって、雨宮君と菅原さんが降りてきた。

「こんにちは」

「いらっしゃい。……何かあの後、霊障があったとか」

「いや、まあ、大したことはなくて」

「ロータス・ワンドは効かなかったそうですぜ」雨宮君はニヤニヤしていた。

「そもそも使い方が分からないんだから、効くわけないけどな」

「『ゴールデン・ドーン』に入ろうかなと本気で思いましたよ」

その後、変事は全員に起こっていなかった。

……今のところはだが。

「ところで、ガンメルダンスクを幽霊除けに使うなんて、どうやって編み出したんですか？」

「……まあ、精緻で革新的な心霊実験の成果だな」〈注1〉

「なるほど。……御苦労があったんでしょうねえ」

「それは……まあ、そうだな」

「ところで、次はどこへ行きます？」

「何だって？」

「……懲りない奴だな」

「こうなったらもう、祟られついでですよ」

……「修羅ノ国」の特徴を一つ忘れていた。

福岡県は、変なキャラクターを輩出するので有名なところなのである。


〈注1〉この、精緻で革新的な心霊実験については、竹書房文庫『恐怖箱　煉獄怪談』所載の「最強の酒」を参照されたい。

補足と解説と怪談

雨宮淳司

紙幅を頂いたので、幾つかの補足と、折角なので怪談を一つお送りする。

実を言うと、『修羅ノ国 北九州怪談行』の生原稿は、もう少し堅苦しい感じなのだが、主に会話の部分などは、読みやすさ重視ということで、お伺いを立てて直させて頂いた。なので、実際の「雨宮君」は作中みたいに軽佻浮薄《けいちょうふはく》な感じではない。

……はずである。

（菅原さん〈仮名〉は、ああいう人である）

これを書いている時点で、小倉駅前の商業施設からは百貨店が撤退し、小倉は元の木阿弥とでも言うのか、駅前百貨店のない街になってしまった。

作中、元々あった雲龍山永照寺の傍に小倉駅ができたことが、何やら因縁の始まりだったとの記述がある。

実は、当初は現在のＪＲ小倉駅は仮設で、鹿児島本線のルートも事後に変更する予定だったのである。

当時の鉄道の管轄は九州鉄道であったが、軍から「（露西亜《ロシア》艦隊の）艦砲射撃の届く範囲内に鉄道の敷設はまかり成らん」と、きつくお達しがあった。なので、計画ではもっと内陸部に本線を敷く予定であった。しかし、そちらのルートは海岸線を通る現ルートよりも、コストが高い上に工事期間もかなり長期になるものと予想された。

困った九州鉄道は「海岸線ルートを仮設で通し、将来予定のルートが完成したら変更する」と願い出て、それが通ったのである。

後に、日豊本線を計画する過程で、そちらのルートも作られはした。しかし、その頃にはすっかり艦砲射撃の脅威はなりを潜めて、もはや本格稼働していた海岸線ルートが本線として認められることになった。

本来の内陸ルートは支線に格下げされ、現在では消滅してしまっている。

というわけで、実は日露戦争での勝利で日本が自信を付けたことが現在の小倉の街を作ったことになり、因縁の遠因ということになる。

作中に出てくる乃木希典も、結局のところこの件に絡んでいるわけで、なかなか奥が深いと思わざるを得ない。

この艦砲射撃の届く範囲に鉄道を作らないというお触れは、北九州市を出て福岡市に至るルートでは、概ね守られている。が、海岸線ではないために難所も当然出てくるわけで、遠賀郡岡垣町と宗像市の間の城山《じょうやま》峠が、正にそれであった。

貨車や客車の前後に機関車を連結し、およそ二十三パーミルもある急勾配を力業で峠越えをしていたのである。

だがこれは、明治四十二年に国鉄に移管後、城山トンネルが開通し、そちらの坂を登るルートは廃線となり消滅してしまった。

現在でもやや上り勾配のところがあり、注意して聞いていると、電車のモーター音が力を込めて唸り出すのが分かる。

この峠越えの古いルート、岡垣町側では築堤の上を通っていたようなのだが、それがほんの一部だが、保存されている場所がある。

JR海老津駅の南側の県道二八七号線（岡垣宗像線）を車で走っていくと、城山トンネル手前の辺りに、しばらく鹿児島本線と併走する区間がある。

そこに「海老津《えびつ》赤レンガアーチ」と呼ばれる遺構が、道路脇に突然現れる。

明治二十三年に建築されたイギリス積煉瓦工法のもので、築堤の下を潜るための生活道路用の施設だったと思われる。

鉄道遺構としてはかなり古く、北九州市八幡東区茶屋町の街中に忽然と残る「茶屋町橋梁《きょうりょう》」と同時期のものである。

茶屋町橋梁は、先ほど述べた「内陸ルート」用の単線用煉瓦積アーチ橋で、大蔵線と呼ばれたそれが明治四十四年に廃線となったのに伴って廃橋となった。

この手の遺構は、菱井さんの薫陶を受けて知ったが、実際に訪ねてみるとなかなか歴史を実感できて趣のあるものである。

さて、ここからが怪談である。

先ほどの「海老津赤レンガアーチ」から北側に少し歩くと、これは現在でも同じ用途で使われている赤煉瓦アーチ……短いトンネル様の歩道がある。

鹿児島本線の築堤の下に設けられているもので、長さは無論鉄道二本分ということになるが、かなりの余裕を持たせているのか実際にはもう少し長く感じるだろう。

……ここでのこと。

筆者の知り合いの五十代の女性だが、近くにある老人ホームへお見舞いに行っての帰り、ママチャリに乗って、この歩道を通り鹿児島本線の下を抜けようとした。

天気は薄曇りの春の昼下がりだったそうだが、入り口手前に来たとき、反対側から何かが来そうな予感がしてブレーキを掛けたのだそうだ。

だが、向こう側には何も現れず、何でそう思ったのか、つい自問自答をした。

その際に、視線の先にあった綺麗に並んだ煉瓦の壁面に、ふと見入ってしまった。

アーチ全面に、進行方向に向けて縦並びで煉瓦が使ってある。

赤煉瓦というのは最近見ないし、これだけふんだんに使ってあるのはなかなか壮観だなと思っていると、その煉瓦がまるでタイルのような照りを発しだしたように見えてきた。

「あれっ？」

と、思っていると、次いで葡萄《ぶどう》酒色のような感じに色味が変化し、

「何、これ？」

と、混乱した。

すると、壁から壁に向かって、色彩のない人間のようなものが次々に早足で移動していく。

呆気に取られていると、大人数に担がれた巨大な駕籠のような物体が現れ、それも抵抗もなく行く手の壁の中へと消えていってしまった。

気が付くと、煉瓦は元の煉瓦らしい煉瓦に戻っていた。

変な白昼夢を見た、最近血圧が高いからと、無理矢理自分で理屈を付けて、しかしどう

にも気味が悪くなって、その後は遠回りをして帰ったのだそうだ。

体験自体は、七八年以前なのだが「おかしな物を見たことがあるか？」との問いで思い出してくれたものである。

この、「おかしな物」がそのまま鹿児島本線の真下を進んだとすると、行く手には城山トンネルがある。

この「城山」。実は、菱井さんの「怨霊黙示録　九州一の怪談」をお読みの方にはお分かり頂けるだろうが、難攻不落を誇った山城、宗像氏貞の居城「蔦が岳城」のあった山麓なのである。

後の大改造後は、「岳山城」と称した。

廃城となり、時代を経て地域名が、当時を偲んで「城山」に落ち着いたのであろう。

こうなってくると、「おかしな物」の担いでいた駕籠の中身も、大方察しが付いてくるのである……。

この巡回するお姫様の話は置いておくとして、菱井さんは目の付け所がどうも変わっているというのか、この城山トンネルの入り口に、

「石銘というんだが、トンネルの真上に四角い銘板が嵌め込んであるのを知っているか?」と訊かれた。

気にもしたことがないのでそう言うと、

「何故か『敬天愛人』とある。これは、有名な西郷隆盛の座右の銘だ。……そして、鹿児島市の城山《しろやま》、これは西南戦争の激戦地で西郷が自刃したところだが、ここにも鹿児島本線の『城山トンネル』があって、『敬天愛人』の石銘がある」

鹿児島のほうは当然として、同じ字なので、単なる連想じゃないのかと、そう言うと、

「国鉄時代の石銘は、結構バラエティに富んでいるんだよ。わざわざ同じにするなんて、どうも腑《ふ》に落ちない」

との返事であった。

何にせよ……氏の摩訶不思議な謎を見つけ出す才能というのが、こちらとしては腑に落ちないでいる。

調べてみると、宗像と西郷隆盛との繋がりは全くないわけではない。

先ほどの県道二八七号線を更に進むと、宗像市の吉留地区に至る。幕末、この地に住む福岡藩医の養子になった早川勇(通称は養敬)という人物がいた。

彼は勤王討幕の志士として活動し、坂本龍馬よりも以前に薩長和解を唱えた。やがて、藩論を動かし、筑前福岡藩、薩摩藩、長州藩という三藩連合構想が具体化しかけたのである。

西郷隆盛とは親交を深め、元治元年（一八六四年）には、高杉晋作と西郷の会談も実現させた。

そして、正にこれからというときに、藩内佐幕派の陰謀で幽閉され、巻き返しを受けて福岡藩は倒幕の主力から脱落してしまう。

これの前年、文久三年（一八六三年）八月十八日の政変で京都を追放された尊王攘夷派の公家の一行（七卿落ち）が、早川らの周旋で宗像の赤間宿に滞在した際、その待遇について福岡藩の加藤司書に談判するために、西郷隆盛が訪問している記録がある。

公卿らは、後に太宰府に移る。

福岡・薩摩・熊本・久留米・佐賀の五藩へのお預けの身であったが、彼らの警護のために集った藩士達の情報交換の場となって、後に太宰府は「明治維新の策源地」とまで、呼ばれるようになる。

土佐藩士中岡慎太郎は元々随行の一員であったが、西郷隆盛は無論のこと、桂小五郎や坂本龍馬まで訪れている。

「怨霊黙示録　九州一の怪談」に「怨霊史観」という言葉があったが、こうして幕末の一エピソードをざっと書いただけでも、宗像とか太宰府とか、何でまた皆怨霊のお膝元に集まってしまうんだろうと考えてしまって、ふと筆が止まった。

……更に面白い話もある。

「七卿落ち」の公卿の一人が、後に明治政府の首脳となる三条実美《さんじょうさねとみ》であった。

このときの英彦山の座主、教有は母が三条実美の祖父の養女で、つまりは親戚であった。

このため、三条ら公卿の一行の警護役として、英彦山から七名の山伏が派遣されている。

そんなこともあり、英彦山は尊王攘夷派の巣窟であると佐幕派である小倉藩から睨まれ、教有は家族もろとも一時拘束されている。

事実、長州藩に賛同する山伏も多く、小倉藩に連行・軟禁された者の中には処刑された者もおり、また「禁門の変」では長州藩勢力として従軍した者もいた。

彼らの墓は、英彦山に今も守られている。

山伏の墓と言えば、あの「山伏塚」を思い出すが、まだ痩せていた菱井さんがライカを構えながら、ニタニタして祠の写真を撮っていた情景は、見ていて実に薄気味悪かったものである。

それから何十年と経ち、別人のように体重が増えておられるのだが、これはまあ、日頃の食べ歩き飲み歩きの成果であり、ある種の勲章でもあろう。

お互い、通風と糖尿病と高血圧と霊障には気を付けていきたいものです。

……「七卿落ち」のところで、福岡藩の加藤司書という人物がちらりと出てきたが、彼は犬鳴御別館建築の推進者であり、犬鳴の辺りを語るには欠かせない人士である。

しかし、これはまた別の機会に……。

※本書に登場する人物名は、実在の人物名を伏せるための仮名を除き、歴史上に実在したものとして伝承されている人物の実名及び、歴史的資料の作者筆名です。先行する歴史研究資料等に基づき極力正確な表記を心がけていますが、一部、表記困難なため新字に置き換えている箇所があります。また、作中に登場する歴史的資料からの引用内容などは、発表当時のものを可能な限りそのまま掲載しています。実在の歴史上の人物名と文献資料の表記が異なる場合、可能な限り、通用表記と原典表記に準拠しています。これらは現代に於いては若干耳慣れない言葉・表現である場合がありますが、差別・侮蔑を意図する考えに基づくものではありません。

参考文献

福岡県の民話　日本児童文学者協会編　偕成社
ふるさとの伝説　安川浄生　あらき書店
宗像路散歩　上妻国雄　コロニー出版
なぞの方城炭坑大爆発　織井青吾　国土社
幽霊の本　血と怨念が渦巻く妖奇と因縁の事件簿　学研
明治・大正・昭和　九州の鉄道おもしろ史　弓削信夫　西日本新聞社
ふるさとと筑豊　民話と史実を探る　朝日新聞筑豊支局

修羅ノ国 北九州怪談行

2019年5月4日　初版第1刷発行

著者　　菱井十拳
監修　　加藤 一

カバー　橋元浩明（sowhat.Inc）
発行人　後藤明信
発行所　株式会社　竹書房
〒102-0072　東京都千代田区飯田橋2-7-3
電話03-3264-1576（代表）
電話03-3234-6208（編集）
http://www.takeshobo.co.jp
印刷所　中央精版印刷株式会社

ISBN978-4-8019-1850-4 C0193